JN055593

断想集

ジャコモ・レオパルディ

國司航佑＝訳

幻戯書房

目次

ロゴ・イラスト――丸山有美
装丁――小沼宏之［Gibbon］

断想集

1

これから述べる事柄に関して、私は長い間真実であると考えたくなかった。なぜなら、まずもって私の性格がこのような事柄からあまりにかけ離れていたし、私の心がつねに自分を通して他人を判断する傾向にあったからである。いやそれ以上に、私は決して人間を憎むようにはできておらず、むしろ人間を愛するような性格であったからだ。だが結局、経験というものがほとんど暴力的と言っていい形で私を納得させた。幾度もさまざまな仕方で人間と関わったことのある読者であれば、私が述べようとしていることが真実だと密(ひそ)かに認めるだろう。その他の人間はみな、これを誇張した表現だと考えるかもしれない。だが、人間社会というものを真に経験する機会さえあれば、そうした経験が彼らの眼前にこの事実を呈したそのとき、彼らもまた納得するはずである。

私が言わんとしているのはつまり、世間とは立派な人間たちに対抗する悪人どもの同盟、あるいは寛容な人たちに対立する卑怯者(ひきょうもの)どもの集まりだということである。二人以上の悪人が初めて出会ったとき、彼らは、たやすくまるで暗号を使っているかのようにお互いが何者であるかを理解し、すぐに手を結ぶものだ。仮に両者の利益が相反して手を結ぶにいたらないとしても、必ずお互いに好意を抱いて大いに尊敬し合うはずである。一人の悪人が他の悪人と取引や交渉をするとき、彼は忠誠心をもって振る舞った上で、詐欺などは働かない――こういった場面を非常によく目にする。他方、尊敬に値する人と取引や交渉をする際は、必ず裏切りを働き、必要な場合には損害を与えさえするものである。それは、相手が勇敢な人物で復讐（ふくしゅう）されかねない場合であっても同じことなのだ。というのも、悪人は自らの詐欺行為によって尊敬に値する人物の勇気に打ち勝てるだろうと期待するからである。そして実際、それはほぼ確実に成功するのだ。何度も私は、自分より臆病な悪人と勇気に満ちた善人との間に挟まれて、恐怖のあまり悪人の方と結託してしまう極めて臆病な人間たちを見てきた。これはむしろ、一般人が同様の状況におかれたらつねに陥る事態なのかもしれない。なぜなら、勇敢な善人の道はみなに知られた単純なものであるのに対して、悪人の道は一般に認知されていないものである上に、そのあり方も際限なく多様なものだからである。さて、周知のとおり、未知の物事は、既知の物事よりも人に恐怖を与えるものである。また、寛容な人物の復讐からはたやすく逃れうるものだ。というのは、寛容な人物を前にしたときは、こちらの臆病や恐怖ゆえにかえって救われることがあるからである。それに対して、卑怯な敵が仕掛けてくる、秘密裏の迫害や謀略、露骨な攻撃、こういったものから逃れるためには、いかなる臆病や恐怖をもってしても十分でない。概して、日常生活において、真の勇気はほとんど恐れられていないのだ。というのも、真の勇気はいかなる騙りも伴わないものであり、まさにそうした性質であるがゆえに、物事を恐れるように仕向けることがないからである。真の勇気は、しばしば人に信じてもらえないものなのだ。他方の悪人は、勇者として恐れられている。なぜなら、彼らは欺瞞の力によって勇者とみなされるからである。

貧乏な悪人というのは、稀な存在である。その他の場合はひとまず措くとして、ある善人が貧困に陥った場合について考えてみたい。そのとき善良なる貧乏人は誰からも救いの手を差し伸べられないだろうし、むしろ他人はそのさまを喜ぶかもしれない。しかし悪人が貧困に陥った場合、町全体が彼に救いの手を差し伸べることだろう。その理由はたやすく理解される。すなわち、自分の仲間や同僚の不運は我々自身への脅威にも見えるものだから、我々はそうした不運に自然と感化されるものなのである。我々はまた、できることならば喜んで彼らに救いの手を差し伸べようとする。なぜなら、そうした不運を見て見ないふりをすることは、似たような状況下において我々に同様のことがなされてもよいと、自分たちのうちで明らかに認めていることになってしまうからである。さて悪人はこの世界で最も多く見られる人間の形態であり、また最も多様な能力を備えている存在でもある。それゆえ彼らは、他の悪人に出会ったとき、直接の知り合いではなくとも仲間や同僚とみなす。そして必要の際には、彼らの間に存在している先述の如き同盟関係を通じて手を差し伸べるべきだと考えているのである。悪人とみなされている人物が貧困に喘いでいる姿を目撃されたとすれば、それは一種のスキャンダルに映るだろう。というのも、世間は――世間は、言葉の上ではつねに美徳を賛美するものだ――こうした状況下の貧困をしばしば天罰とみなすからである。それは彼ら全員にとって、屈辱となり、災いにもなりうるものなのである。しかしながら、彼らはこうしたスキャンダルを避けるべくつとめて非常に効率的に行動するので、悪人の貧困の例はほとんど見られない。ただし、不運に見舞われたとき、どうにかこうにかそれを我慢できるように身の回りを整えることさえできそうにない、完全に愚昧な人間の場合は別だが。

それに対して優れた人間や寛容な人々はどうかというと、一般大衆と異なるために、彼らからほとんど別の人種であるかのように扱われ、それゆえ、同輩とも仲間ともみなされない。いやそれどころか、一般的な権利に与っているとすら考えられていない。そして、我々が常日頃遭遇しているように、大衆が迫害を行うとき――時代や社会がどれほど意地悪く低俗な心に支配さているかにより、その深刻さは異なるが――、対象となるのは大なり小なり優れた人間ばかりである。動物の体内では、その体を構成している主な体液や成分に対してこれと適応しない物質が入ってきたとき、本能的にそれらをつねに除去しようする傾向があることはご存じだろう。これと全く同じように、多数の人間の集団にあって彼らに共通する性質と完全に異質の者が入ってきたとき、その人物はおしなべて、とりわけ真逆と言えるまでに性質が異なる場合は顕著なまでに、あらゆる手段を用いて破滅させられる、ないしは追い払われるものである。また、善良な人間や寛容な人々がひどい憎悪の対象になるということもしばしば起こる。なぜなら彼らは誠実で、事物をありのままに伝えるからである。人類は、こうした罪悪を断じて許さない。人類は、悪事を働く者あるいは悪そのものよりも、それを口にするものをつねに憎んできたのである。多くの場合、悪事を働く人間は、富、名誉、そして権力をその手中に収める。それに対して、悪事を指摘する者は絞首台に連れて行かれるものだ。彼らは、言葉の上で救いがある限り、他人や神から受けるいかなる物事にも耐える準備があるのである。

2

偉大な人間の生涯を見るがよい。そして、文筆ではなく行動によって偉大であった人物を観察してみてほしい。すると、真に偉大であった者のうちには、幼年期に父なし子でなかった数少ない人物を見つけるのは全くもって一苦労だということが分かるだろう。仕送りで生きている人間について言えば、父が生きている者は一般的に自らの財産をもたない。したがって世間では何事もなしえない。しかも、財産がそのうち転がりこむだろうと期待するがために、自力で金を稼ぐことに思いがいたらない。自らを恃(たの)むことは、偉業をなす機会になるかもしれないのだが。とはいえ、これはよくある事例ではない。なぜなら、偉業をなしえた人物は、最初から裕福の出か、少なくとも、ある程度財産に恵まれてはいることが一般的だからである。だが、収入については措くとしても、法律の存在しているすべての国家において、父の権力が子供に対してある種の奴隷状態をもたらす、ということは言えるだろう。この奴隷制は家庭内のことであるから、社会的な奴隷制以上に縛りがきつく感じられるものだ。法によって、公的な習慣、あるいは個々の人間の特質によってどれほど緩和されたとしても、それでも極めて有害な影響がもたらされるのは不可避のことなのである。これは、父が生きている限りにおいて人間が心の中につねに抱き続ける感情なのだ。このことは、多くの人間が自分の父について、明らかに抱いており、かつ抱かざるをえない次のような見解によって裏付けられる。私が述べているのはすなわち、服従と依存の感情についてである。それは、自分自身の主でいられないという感情、いやむしろいうなれば完全なる人間ではなく、自分がその一部位、その一部分でしかないという感覚、自分の名が自分以上に他の人間に属しているように思われるという感情である。こうした感情は、行動的な人物にあってはより強いものとなるだろう。なぜなら彼らは、鋭敏な精神の持ち主で、感受性が強く、自らの置かれている状況を正しく察知することに長けているからである。どんな偉大な事業であれ、それをなすどころか計画することでさえ、こうした感情とはほとんど相容れないだろう。このようにして青春を過ごしてしまい、四十、五十になってはじめて自分自身を自分のものとみなすことが出来るようになった人間は、言うまでもなく、衝動に突き動かされることはなく、また仮に衝動に駆られたとしても偉大な行為へと向かうための勢いも力も時間も欠いているだろう。こうして、ここでもこの世界ではどんな善も同程度の悪を伴っているものだということが分かる。というのも、思春期に経験豊富かつ情愛の深い師がいることは限りなく有益なことであり、また自らの父以上にそれに相応しい人間はいないわけだが、こうした有益性も、思春期そして人生一般において一種の無力を覚えるという不運によって打ち消されてしまうのである。

3

現代の経済に関する知恵は、書物の判型の小型化の流れ〔十八世紀以降、八つ折版から豆本に至るコンパクトサイズの書物が流行した〕から推し量ることが出来る。小型版においては、紙の消費が少ないかわりに視力の消耗は無限に大きいものとなる。書物に使用される紙の節約のことを擁護するにしても、同時にたくさん印刷して何も読まないというのが現代の習慣だと付言しなければならない。丸文字〔いわゆる、ローマン体〕は過ぎ去りし時代の欧州において一般的に使用されていた字体であるが、これはもはや使用されなくなり、代わりに長文字[001]が使用され、加えて紙に光沢が施されるようになった。これらは、見る分には美しいが、それ以上に読書の際に目に負担がかかる。しかし、読まれるためではなく見られるために本が印刷される現代にあって、こうした事柄は大変理にかなっているとも言える。

4

以下に記すのは断想ではない。読者の息抜きのため一つの物語をここに語りたい。私の友人、否、私の生涯の友にアントニオ・ラニエーリ[002]という人物がいる。彼が生き続け、人々が彼の本来の才能を無駄にしてしまうことにならなければ、その名のみでも十分意味を持つ人物になるだろう。そんなラニエーリは、一八三一年、フィレンツェで私と一緒に暮らしていた。夏のある晩、彼は薄暗い通りを歩いていると、ドゥオーモ広場の近くの片隅、今はリッカルディ家が所有するある建物の一階の窓の下に、人だかりができているのを見つけた。人々は怯(おび)えながらこう言っていた。「ひええ、幽霊がいる！」そこで、ラニエーリは窓の外から部屋の中を眺め、街灯に照らされて明るくなっている個所に目をやった。すると、あちこちに腕を振りながら動かずにいる女性の影が見えた。しかし彼は、他に考え事があったのでその場を離れた。そして、その晩も翌日もその出会いについて思い出すことはなかった。明くる晩のこと、同じ時間に同じ場所を通ったところ、そこには、前日の晩より多くの人だかりができていた。彼らは同じ口調で繰り返していた。「ひええ、幽霊がいる！」そこで中を見てみると、同じ影があってそれはやはり身動きせずに腕を動かしていた。地面から見たところ、窓は男性一人分の丈ほどの高さにあった。人だかりから警察官のような格好をした男が出てきて、「肩の上で私を支えてくれる人がいれば、私がそこに上って中に何があるか見てやろう」と言う。そこでラニエーリは、「もしあなたが支えてくれたら、私が上りましょう」と答える。すると男が「上りなさい」と言うので、ラニエーリは男の両肩に足をかけて上った。そして、窓の格子の近くに、椅子の背もたれにかかった黒いエプロンが風に揺られて、腕を振っているていを形作っているのを見た。その背もたれには糸巻棒が寄りかかっていてそれがちょうど頭部の形になっていた。ラニエーリはその糸巻棒を手に取り、地上の野次馬たちに見せる。すると連中は大笑いして散り散りに去っていった。

さて、何の目的でこの話をしたかと言うと、先に述べたように、読者の気晴らしのためでもあるが、加えて、このことを理解しておくのは歴史批評にとっても、哲学にとっても無益ではないと考えるからでもある。十九世紀の、イタリアで最も文明的であり、住民もとりわけ知的かつ文化溢(あふ)れる都市フィレンツェの中心で、お化けが現れたり、それが幽霊だと信じられるがそのじつ糸巻棒だったりするわけである。ところで、イタリアのことをよく笑いの種にする外国人も、このことを嘲るのはよした方がよいだろう。なぜなら、あまりに良く知られていることであるが、新聞によれば文明の先頭を走っているという三大国家〈フランス・イギリス・ドイツのこと〉の国民のうち、イタリア国民ほど幽霊を信じていない国民はいないからである。

5

分かりにくいことに関してはつねに少数の人間がよく理解し、分かりやすいことに関しては多数の人間がよく理解する。形而上学的（メタフィズィック）な問題を考える際に、民意などというものを持ち出すのは馬鹿げている。物理的（フィズィック）で感覚に頼るような問題においても、民意はまったくあてにならない。地動説やその他たくさんの物事を例に挙げれば、これは明瞭である。これに対して、文化的なことに関して多数の人間の意見に対抗することは、無謀で、危険、かつ長い目で見れば無益でさえある。

6

死は悪いことではない。なぜなら、死は人間をすべての不幸から解放しつつ、財と共に欲望をも取り去ってしまうからである。最大の不幸は老いである。なぜなら、人間からすべての快楽を奪い取って、渇望ばかりを残すからである。そのうえ、すべての苦しみを連れてくるからである。それにもかかわらず、人間は死を恐れ、老いを望む。

7

不思議な表現だが、死の軽蔑というものがある。また臆病よりも卑しく恥ずべき勇気というものがある。それはすなわち、商売人あるいは金銭の獲得に余念のない人間に見られる蛮勇のことである。彼らは、極めて頻繁に、たとえ最低限の稼ぎや恥知らずの節約のためであっても、自らの安全に欠かせない注意や対策を拒み続け、極端な危険の中に進んで飛び込むのである。そうして、蔑むべき英雄はしばしば命を落して非難を浴びるのだ。こうした恥ずべき蛮勇の顕著な例が、近年人類に壊滅的な打撃を与えたペスト――あるいはコレラ・モルブスと呼ばれる疫病[003]――が蔓延(まんえん)した際に見られた。彼らの行為は、無垢(むく)な人民の被害や大量死へと結びついたのである。

8

人間が日々陥っている深刻な過ちの一つは、自分の秘密が守られていると考えることである。信頼できる人物に告げた秘密ばかりではない。意図せずあるいは自分の意思に反して、相手が誰であれ、見られたもしくは知られてしまった秘密、本来は極秘にしておくべきだった事柄に関しても同様のことが言える。ここで私は言いたい。もしあなたが、あなたに関わる何かが自分以外の誰かに伝わっていることを知っているとすれば、それは確実にみなに伝わっており、あらゆる災いや辱めが自分に降りかかりかねない。もしこう考えないとすれば、あなたは間違っている。自らの利益を考慮に入れたとき、人間はなんとか隠れたものを暴かないようにするものであるが、他人の利害に関して黙る人間はいない。このことを確認したいのであれば、自分自身で試してみればよい。他人に降りかかった不幸、被害、凌辱(りょうじょく)といったものについて、あなたが知っていることを他人に言わなかったことが一体何度あっただろうか。多くの人に言いふらしたりしないまでも、自分の友人に話したことがないわけではないだろう。もっとも、多くの人に言いふらすことと友人に告げることことは大差ないのだが。社会においては、おしゃべり以上に必要なものはないだろう。おしゃべりは時間つぶしに最適な方法であり、時間つぶしこそが人生で最も不可欠なものの一つなのである。好奇心をくすぐり退屈を追いやるような題材以上におしゃべりに適した題材はない。そして、誰も知らない隠された事柄こそ、そうした題材になるのである。いずれにせよ、次のことを心に留めておくとよいだろう。自分がやったと知られたくないことがあるならば、それを他人に言わない以前にそれをしないようにすること。ことが生じるのを避けられない場合、あなたが気づかなくとも他人はそれを知っていると考えた方がよいのだ。

9

未来のことに関して、ある人が他人の意見に反する予測をして実際その予測通りのことが起きたとする。しかし、反対の意見の連中が事実を見て彼が正しかったと考えたり、彼の方が自分たちより賢明だと述べたりすることはないだろう。彼らは、事実と予言のどちらかを否定する、あるいは事実と予言とは状況が異なっていると申し立てる。要するに、彼らの意見が正しくもう一方の意見が誤っていることを自他ともに無理やり納得させるため、何らかの理由を見つけ出すのである。

10

我々が子供たちの教育を誰かに任せるとき、その任務にあたる人間の多くは教育を受けていない。この点をしっかり認識しておくべきであろう。そして、受け取ることもなくまたその他の方法で手に入れることもない物事は、与えることもできない。これも疑う余地のない事実である。

11

他のことについて言わないまでも、芸術と学問に関して述べておきたい。すべてを作り直せると己惚れている時代が続いているが、これは何も作ることが出来ない時代だからである。

12

努力と苦労を経て、あるいは長い時間をかけてようやく、富を得た者がいるとしよう。彼は、その富をたやすく時間をかけずに手にした者を見たとき、実際には何かを失ったわけではないにもかかわらず、おのずとその事実を大変疎ましく感じるはずである。なぜなら富は、それを得るのに少ししか苦労しない者、あるいはほとんど苦労しない者に共有されたとき、現実以上に頭の中で、その価値が失われてしまうものだからである。そういうわけで、「福音書」の寓話に登場する労働者は、自分より少ない時間しか労働しなかった人間と同じ報酬しかもらえなかったとき、これを一つの侮辱と受け取ったのである。また、ある程度位の高い修道士があらゆる辛辣さをもって見習いを扱う習慣があるのは、苦労して獲得した地位にたやすく辿り着かれることを恐れるからである。

13

記念日とは美しく愛おしい幻想である。ある出来事とその記念日との間に存する関係は、現実には記念日以外のどの日と比べてなんら変わるものではない。それにもかかわらず、何か特別な関係を有しているように思われる。まるで過去の影が復活してはつねにその日にやってきて目の前にいるように感じられるのだ。そうして、過去に存在したことが消え去ってしまうという悲しい気持ちは部分的に癒え、数多の消失の苦しみも取り除かれる。記念日によって、過ぎ去って二度と戻らない事柄が完全に絶えてしまったわけでも失われてしまったわけでもないと感じられるようになるのである。ある出来事——それ自体で、あるいはとくに我々にとって記憶されるべき出来事——が起きた場所にいるとしよう。ここでこういう出来事が起き、そこではあの事件が起きましたと言うとき、それ以外の場所にいるときより、我々はその出来事に対して、いわば身近なところにいるような感覚になるものである。それと同じように、昨年の今日、もしくは数年前の今日、これこれの出来事、あれこれの事件が起きましたなどと語るとき、その日は他の日より現在のことであるかのような、あるいは他の日ほどに過去のことではないかのような感覚を得る。さて、こうした想像力のありようは人間の精神に相当深く根ざしているものだ。そのため、ある出来事から見て、記念日は他のあらゆる日と同等の関係しかないという事実があるにもかかわらず、その事実を受け入れることは大変労力の要ることのように思われる。以上の理由により、宗教的あるいは文化的観点からみた重要な記憶、公的ないしは私的に重要なものとして刻まれる記憶、大切な人間の誕生日および命日、その他それに類する日——こうした記念日を毎年祝うことは、記憶およびカレンダーが存在している現在ないし過去のすべての民族に共通する習慣となっている。私は、こうした問題について多くの人間の話を聞いた結果、次のことに気がついた。すなわち、感受性が豊かで、孤独や自分自身との会話に慣れ親しんだ人間は、記念日に大変執着する傾向があり、この種の記憶の中にいわば生きているものである、と。彼らは、いつも過去に戻っては、今日と同じ日にこれが起きた、あれが起きた、と独り言を言うのだ。

14

教育に携わる者、とりわけ両親にとって、まったくもって真実である次のことを考えるのは決して小さな不幸ではないだろう。それはすなわち、子供たちは、彼らがいかなる性質に恵まれたとしても、また我々がどれほどの労力と金銭を費やして彼らを教育しようとも、彼らが世間に慣れるに従って、先に死が訪れない限り、ほぼ間違いなく意地の悪い人間に育ってしまうということである。おそらくこれは、かつてタレース〔前六二四頃－前五四六、古代ギリシアの哲学者〕が語ったことよりも妥当で理にかなった見解であろう。タレースは、自分が結婚しない理由をソロン〔前六四〇頃－前五六〇頃、古代ギリシアの政治家、詩人〕に尋ねられた際、次のように答えたという。すなわち、親になれば子供に降りかかる不幸や危険を恐れて大変な不安を抱えなければならないだろう、だから結婚しないのだ、と。私が考えるに、このような質問に対しては、この世に存在する悪党をこれ以上増やさないためだと述べた方がより妥当で理にかなった答えになったはずである。

15

ギリシア七賢人の一人に数えられるキロン〈前六世紀頃、古代ギリシアの哲学者、スパルタの民選長官〉は、身体的に優れている人間は穏やかな立ち居振る舞いを心がけるべしと説いた。そうすることで、恐怖ではなく尊敬を得ることができると言うのである。美貌、才能、その他この世界で望まれている多くの物事において、一般人より明らかに優れている人々がいる。こうした人々にあって、愛想のよさ、立ち居振る舞いの穏やかさ、そして謙虚さといった性質は、いくら備わっていても備わりすぎるということがない。なぜなら、許しを請うべき彼らの罪はあまりに深く、宥(なだ)めるべき彼らの敵はあまりに手強く荒々しいからだ。彼らの罪とはすなわち優越性であり、彼らの敵は嫉妬である。古代人は、巨大な権力と繁栄を手にしたとき、神々の嫉妬を宥めなければならないと考えていた。そこで彼らは、自ら辱めを受け、生贄(いけにえ)を捧げ、懺悔(ざんげ)をした。こうした行為によって、僥倖(ぎょうこう)と優越という罪に対して許しを請うたのである。

16

タキトゥス〔五五頃－不詳　古代ローマの歴史家。『ゲルマニア』『年代記』などを著わす〕によれば、ローマ皇帝オトは、罪深き人間にも罪なき人間にも同様の最後が待ち受けているのだとすれば、価値ある死を遂げることがより男らしい行いであると言った。これは、次のような人間が抱く考え方からかけ離れたものではないだろう。それはすなわち、偉大な魂と美徳を備えつつも悪事を働く人間である。彼らは世間に接し、忘恩や不正、自分と似たような人間――とりわけ徳の高い人間――に対する世間からの卑劣で執拗なやっかみ、こういったものを感じ取り悪事を働くのである。ただしそれは、弱者がそうするように、腐敗のため、あるいは他人の真似をして行われる悪事ではない。利害のためでもなければ、卑しく軽薄な人間的欲求を抱いたからでもなく、ましてや世の中に溢れる悪事から自分のみが助かりたいという希望をそこに見出すからでもない。そうではなくて、彼らは自由な選択を行使しているのである。世間に対する復讐のため、自らの武器を突き刺して報復するために悪事を働くのである。こうした人間の悪意は、美徳の経験から生まれたものであればその分だけ非常に深いものとなる。そしてこれは特殊な場合ではあるが、それが偉大かつ強靭（きょうじん）な魂と強く結びつくほど、さらには一種の英雄的行為となるほど、彼らの悪事はますます恐ろしくなるのである。

17

牢獄や刑務所は——受刑者の言い分によると——無罪の人間で溢れている。同様に、官職やその他諸々の要職は、自分の意思に反して呼び出されそれを強要されているような人間で占められている。自らが苦しむべき罰を受けるに値したと告白する罪人を見つけることはほとんど不可能であるが、享受すべき名誉を求め望んだと述べる要職者についても同様のことが言える。しかし、おそらく前者より後者を見つける方がより困難である。

18

フィレンツェで、荷物の詰まった荷車を、駄獣の如く——それがこの土地のやり方なのだ——運ぶ人間を見たときのことである。彼は、極めて傲慢な態度で喚くようにして、周囲の人間に道を開けるよう命じていた。これは、自信満々に他人を侮辱する人間の姿に似ているように思われる。彼らは、あの男の傲慢な態度の原因、すなわち荷車を運ぶということと大差のない理由によって、他人を侮辱するのである。

19

この世界には、あらゆる事柄に関して世間とうまく渡り歩くことのできない人間がままある。彼らがこうした状況に陥るのは、社会生活をあまり経験していないこと、あるいは理解していないことによるものではなく、変わることのない自らの性格ゆえに素朴な立ち居振る舞いを放棄できないことに起因している。彼らの振舞いには、見せかけ、あるいは偽り、作られたようなところが見当たらない。こうした態度は、彼ら以外は皆――愚者もまたそうであり、自覚はない場合もある――に見られ、その立ち居振る舞いに根づいているため、自身の本性から区別することは大変な困難を伴うものである。

今、私が話題にしている人間は、見た目からして他人と異なるため、世間の物事に関して無能であるとみなされ、部下は彼らを蔑んでひどい扱いをし、家来たちも耳を貸そうとしない。というもの、誰しもが自分を彼ら以上の存在とみなし、傲慢な態度で彼らを眺めているからである。彼らと関わりを持つ人間は皆、彼らを欺き傷つけようとし、容易にかつ無難にことを運べると考えて、他の人間からではなく彼らからうまい汁を吸おうとする。こうして彼らは、誰からも信頼されず、皆に横柄に扱われ、正当な権利を奪われてしまう。あらゆる競争において、彼らは敗北の憂き目にあう。競争相手は彼らより大きく劣っていることもあるのだが、劣っているのは才能やその他の内に秘めた能力ばかりではなく、美しさ、若さ、強さ、勇気、そして富、といった世間で最も認められている能力の場合もある。最後に述べておきたいのは、彼らの社会的地位がいかなるものであろうとも、八百屋や荷物運びの人間が手にする程度の尊敬を得ることさえできないということである。そしてこれは、故なきことではない。というのも、愚者さえもがごく簡単に学習すること、すなわち人間と子供を人間に見せかける唯一の方法を――いかなる努力をもってしても――学習できないということは、もってうまれた欠陥あるいは欠点として、決して些少なものではないからである。彼らは、本来善に向かう傾向がどれほどあるにしても、そして他の多くの人々に比べて人間と人生によく精通しているにせよ、こうした呼び名で侮辱されるに値しない程度に善良だということは全くない――そのように見えることもあるが――のである。世間の作法に彼らが疎いのは、彼らの善良さのためでもなければ、自身の選択のためでもない。それを学ぶことを望んでも、そのために努力しても、それが徒労に終わるからである。こうして彼らに残されるのは、おのが運命に魂を適応させること、そして何より彼ら特有の純粋さあるいは行いの自然さを隠したりごまかしたりしないこと、のみとなる。なぜなら、他人が普段行っているような見せかけを彼らが試みるとき、他のいかなる場合にもまして物事はうまくいかず馬鹿げた結果に終わるからである。

20

もし私にセルバンテス（一五四七―一六一六　スペインの小説家、劇作家、詩人。『ドン・キホーテ』の著者として有名）のような才能があれば、彼が遍歴の騎士の模倣という悪癖をスペイン全土から洗い流したように、私も一冊本をものして、一つの悪徳からイタリアを、否、文明社会全体を解放したいものである。この悪癖は、セルバンテスによって罰せられた中世の残酷な遺物のいずれに比べても劣らないほどに、冷酷かつ野蛮なものである。現代の慣習の穏やかさに鑑みても、そして恐らくその他どのように捉えられたにせよ、やはり同じことが言えるだろう。私が言わんとしているのは、自らの作品を他人に読み聞かせたり朗誦したりする悪癖のことである。これは極めて古くから存在する人間の悪癖であるが、これまでは稀にしか実行されなかったため、まだ我慢することのできる苦痛であった。しかし、誰もが作品を生み出し、作家ではない人間を探すことが非常に困難な現代にあって、この悪癖は災いとなり、公共の災害となり、人間生活に降りかかる新たな災厄となっている。これは冗談でなく真実であるが、こうした悪癖を持つ人物と知り合うことに対しては疑り深くあるべきであり、ましてやその友人になることは危険である。いついかなる場所でもあらゆる無垢な人間が晒(さら)される恐怖がある。その場でないしは場所を移して、無意味な散文や果てしなく続く韻文を聞かされるという拷問を受ける羽目になるのだ。相手の意見を知りたいという、これまで長らくそうした朗誦の動機となってきた弁解をすることもない。そうではなく、明らかに自分の作品を他人に聞かせることの快感のみのために、さらには朗読の後に自らに対する賛辞をただただ得たいためにこうした行為に及ぶのである。正直なところ、自らの作文を読み上げるという行いのうちには、人間本性の稚拙さが最大限に表れると言ってよい。そして、自己愛に導かれし人間がいかなる極限の盲目状態に到達しうるか、否、いかなる究極の愚かさに到達しうるかがこの上なくよく理解される。さらには、我々の魂が自分自身に抱く幻想はどれ程現実から乖離しうるかという事実をまざまざと見せつけられることになる。各人は、自分自身が他人の作品をつねに聞かされることのいわく言い難い苦しみを知っているはずである。自分の作品を聞かせるために客を招待しては、相手が気落ちして顔面蒼白になり、あらゆる種類の口実を申し立て、さまざまな力を駆使して、逃げ隠れしようとするのを見ているはずである。それにもかかわらず、彼は鉄面皮を発揮し、驚くべき執着心をもって、飢えた熊が如く獲物を探し追跡しては町中を駆け回り、獲物が見つかるや否や目的地にまで引きずるように連れて行くのである。朗読が長引くと、不幸なる聞き手は、まずはあくびをし、次に体を伸ばし、さらには体を歪(ゆが)め、そしてその他諸々の兆候を示す。読み手はそれを見て、聞き手が死ぬほど激しい苦痛を感じていることに気づくものの、だからといって朗誦を終わりにすることもなければ、休憩を設けることもない。むしろ、ますます自信に満ちて執着心を発揮し、声高に演説を続けるのである。それを、声が枯れてしまうか、聞き手が気絶してしまってから長い時間経った後、彼自身が、満足はしないものの疲労困憊（こんぱい）となってしまうまで、何時間も、否、何日も夜を徹して続けるのである。その間中、すなわち一人の人間がその隣人を惨殺する間ずっと、彼が人知を超えた極楽浄土の快楽を感じていることは間違いない。というのも、我々はよく目にしているように、人々はこの行為のために他のあらゆる快楽を手放しては睡眠も食事も忘れ、その間彼らの目の前からは人生や世界といったものが消滅してしまうのである。この快楽は、聞き手がそれを感嘆し喜ぶはずだという強い信念に基づく感情なのであろう。そうでなければ、人間を前にしてではなく、人のいないところでそれを朗読すればよいはずである。さて、既に述べたように、聞き手の快楽が如何なるものかは（私がつねに「聴く」ではなく「聞く」と言っているのは意図してのことである[004]）各人が経験から知り得るものであり、朗読する人間もそれを理解しているだろう。加えて私は、多くの人間がそのような快楽よりはむしろひどい肉体的苦痛を選ぶだろうことを知っている。最高の出来栄えで優れた価値を有する作品ですら、その作者が朗読するとなれば、殺人的な苦痛を与えるものになってしまうのだ。これに関連して思い出したのだが、私の友人のある文献学者が次のように言ったことがある。すなわち、かつてウェルギリウスが小オクタウィアにアエネーイス第六巻を読み聞かせたとき彼女が卒倒したという逸話が事実なら、それはよく言われるように息子マルケッルスを思い出したからというより、朗読を聞くという苦痛によって卒倒したと考えられる、と。

かくのごときが人間というものである。そして、私が指摘する、野蛮かつ愚昧で、理性的な生き物に相容(い)れないこの悪癖は、人類に襲いかかる正真正銘の感染病である。というのも、いかに高貴な民族においても、いかなる状況の人間にあっても、そしていつの時代にも、このペスト禍(か)が蔓延しないことはないからである。イタリア人、フランス人、イギリス人、ドイツ人。他の物事においては極めて聡明、かつ才能豊かな優れた白髪の老人たち、社会生活に大変精通しており、物腰も柔らかく、くだらないことに気づいてからかうことが好きな人たち。こうした人間全員が、自分の作品を読み上げる機会においては非常に残酷な子供になるのである。そして、我々の時代にこうした悪癖が存在しているように、ホラティウス〈前六五－前八　古代ローマの詩人。『詩論』の著者として有名〉の時代にもこの悪癖は存在しており彼は既にそれを堪えがたく感じていた。マルティアリス〈四〇頃から一〇四頃　古代ローマの詩人〉の時代も同様であり、彼はなぜ自作の詩を朗読しないのかと問われた際、おまえの詩を聞かされたらたまったものではないから、と答えたという。ギリシア最盛期にも事情は変わらなかったのは、よく語られる犬のディオゲネス〈前四〇〇／三九〇－前三二八／三二三　古代ギリシアの哲学者〉に関する逸話からよく分かる。彼が、ある朗読会で退屈のあまり死にそうになっていた人たちと一緒にいたときのことである。その時ディオゲネスは、作者の掌中にあった本が終わりに差し掛かり、白紙が覗(のぞ)いたのを見た。そして、我が友よ、しっかりしなさい、もう陸は見えてきたぞ、と発した。

　しかるに今日、聞き手に無理強いしたところで作家の欲求を満たすことがもはやできない段階に達している。そこで、私の勤勉な知人が数人でこの問題を考察し、自作を朗読することは人間本性が求める欲求であるに違いないと確信した。そしてその上で、この問題に取り組み、大衆が欲するものすべてに対して行われるように、この欲求を一つの商売に転換してしまおうと考えたのである。彼らはこうした効果を期待して、朗読を聞くための学校（アカデミー、あるいは大学かもしれない）を近いうちに開設するだろう。そこでは、昼夜どの時間帯でも、彼ら、あるいは彼らに雇われた者たちが、一定の金額を支払った希望者の朗読を聞いてあげるのである。その金額は、散文であれば、最初の一時間は一スクード〔当時のイタリアで流通していた硬貨〕、次の一時間は二スクード、次の一時間は四スクード、次の一時間は八スクード、といった風に、規則的に増大していくように定められるであろう。韻文であれば二倍となる。同じ個所を読み直そうとする場合――そういうことも起きるものだ――一行につき、一リラが支払われる。聞き手が居眠りを始めたら、規定の金額の三分の一が読み手に返金される。朗読中に読み手あるいは聞き手に痙攣、失神、その他軽い事故が生じた場合に備え、学校には精油や薬剤が配備され、それらは無料で配布されることになる。こうして、これまで金とは無縁だったもの、すなわち耳が材料となり、産業の新たな道が開拓され、大衆に富をもたらすことになるであろう。

21

おしゃべりをするときに強烈で持続する快感を得るのは、私たち自身について、私たちが取り組んでいる、あるいは何らかの形で私たちに関わっていることについて話すことを許された場合のみである。他のいかなる話題も短時間で飽きがやってくる。そして、私たちに快楽を与えるこの話題も、それを聴く者にとっては死ぬほど退屈である。苦しみを耐え抜かない限り、よい人の称号を勝ち得ない。よい人であるから、会話の最中、他人の自己愛を満足させる人間でなければならない。つまり、まずよく聴きよく黙る。聴く者にとって大抵これは極めて嫌なことである。次に、相手が好きなだけ自分のことについて語るのを放置する。あるいはむしろ、彼らにそうした話題を振りつつ、自らも彼らのことについて話し始める。そうしてお別れの段になると、彼らは自らに満足しきった状態になり、こちらは彼らにはなはだうんざりしている。というのも、つまるところ、お別れの際に自分たちが一番満足していられる相手こそが最良の連れなのだとすれば、彼は同時に私たちが最も退屈させている人物だといっても過言ではない。結論は次の通りだ。会話において、そして時間つぶしが目的のあらゆるおしゃべりにおいて、一方の快楽は他方の退屈になることがほぼ避けられないということ。退屈に感じる、あるいは残念に思う以外、何も期待できないのだ。これら二つの感情を等しく共有できたとすれば、それは僥倖に違いない。

22

自分自身について日常的に長々と話すことは、礼儀作法の基本原則に反すると考えるべきだろうか。あるいは、こうした悪癖を持たない人間を稀有な存在と捉えるべきだろうか。どちらが正しい考え方であるか、決めるのは難しい。

23

人生は一場の演劇だとよく言われる。それは何より、世間の人々が極めて恒常的にある方法に沿って話しながら極めて恒常的にそれとは異なった方法で行う、という点に確認される。今日、誰もかれもがこうした喜劇の登場人物を演じている。おしなべてある方法に沿って話しているからである。そしてこの喜劇には、聴衆はほぼ一人もいない。世間の虚しい言葉は子供か愚者くらいしか欺くことができないからである。こうした状態に陥った結果、戯曲は完全に役立たずのもの、いわば理由なき退屈と徒労になりはてた。しかるに、人生を見せかけの行為ではなく真の行為へとついに導き、言葉と行動の間にある悪名高き不和を解消することを初めて試みるとすれば、これは我々の時代にふさわしい挑戦となるだろう。だが、もはや十分と言える経験に照らして、事実は変わることがないと知られており、不可能を追究して人間が疲弊することもまた得策ではない。だから、そうした挑戦は、唯一可能かつ簡単な方法でありながらこれまで試みられてこなかったある方法によって、帳尻を合わせることになるのであろう。その方法とはすなわち、言葉を変えることである。そして、物事をその本当の名前で呼んでやることである。

24

私が間違っていないのだとすれば、我々の時代において、一般に称賛の的になっている人物にあって、その称賛が自らの口から始まっていない人物は稀にしか存在しない。自己中心主義が蔓延し、人々が他人に対して非常に強く嫉妬心と嫌悪感を抱いている時代である。名を売るためには、称賛されるべき行為をなすのみでは不十分なのだ。そうした行為を自ら称賛すること、あるいは——結局は同じ事だが——自分の代わりに、そうした行為をひっきりなしに喧伝(けんでん)し、誉めそやしてくれる人を探すことが必要となる。その人物が、大衆の耳の中に大声で働きかけ、模範を示しつつ、厚かましさと執着心をもって人々に賛辞の一部を繰り返し繰り返し無理強いするのである。自分の価値の高さによって、あるいは自分の行為の素晴らしさによって、自然と話が伝わっていくなどとは期待するなかれ。周りの人々は永遠に黙って眺めているばかりであり、可能であれば、他人がそれを見ることを邪魔しかねない。大成したい人間は、それが真の美徳であろうとも、謙虚さというものを追放すること。ここにきてまた、世間は女性との類似点を見せる。恥じらいと分別をもって接してみても、何も得ることはできないからである。

25

世間から一時的に善意をもって見つめられたとき、誰もが、部分的には世間と和解したと感じる。そうならないほど完全に世間の幻想から覚め、世間を内側から理解し、世間を忌み嫌っている人間は一人もいないのだ。いかなる悪人でも、親切に挨拶を交わした後には以前より幾分優しく見えるのと同じである。以上の考察は人間の弱さを明らかにするために役立つ。だからといって、悪人も世間も正当化されるわけではない。

26

人生に精通していない者は、そしてしばしば人生に精通している者も、何らかの事故に巻き込まれたことを知ったとき、とりわけ自分に非がないとき、友人や家族その他の人間のことが頭をよぎったとしても同情と慰めが得られることしか考えないものだ。救いの手を差し伸べることは言うに及ばず、以前より慈愛と思いやりをもって接することをも期待する。そして、自分に襲い掛かった不幸のせいで、あたかも社会の中で身分を落とした人間になり果て、何らかの大罪を犯した罪人であるかのごとく世間に見られ、友人の評判を失うのを見ることになるという考えがよぎることはない。友人やあらゆる方面の知人が逃げ出し、遠くでその不幸を喜びつつ、彼を笑いものにすることを目にするなどとは思いもしないのである。これと同様に、何らかの幸運が舞い込んだ際、彼が最初に思いつく考えの一つが、自らの喜びを友人と分かち合い、ひょっとするとそのことを自分以上に友人たちが喜んでくれるのではないかというものである。そして、彼の幸運の知らせに友人たちの顔は歪んでは曇り、茫然(ぼうぜん)自失する者も出るはずだなどという発想に思い至ることはできないのだ。多くの者は、まずその知らせを信じないよう努め、次に、その新たな幸せが、当人の心の中で、また自分たちとその他の人々の見積もりにおいて、ちっぽけなものになるように努力する。このことがきっかけで、友情が冷めたり、憎悪に変容したりしてしまうことさえある。そして最後に指摘したいのだが、他人から幸せをはぎ取ることに全身全霊を注ぐという人間も少なくない。人間の想像力とは、その概念上かくの如きものであり、理性もまたそうした傾向をもつ。無論、人生の現実はこうした観念から遠く離れたものであり、またそれと対立関係にあるものである。

27

人生のすべてが賢明かつ哲学的であるように望むことは、他の何にもまして賢明さと哲学性を欠いていることの証左である。

28

人類全体、および一人の状態を除いたあらゆる規模の集団は、二つのグループに分かれる。すなわち、一方は乱暴を働く者たちのグループであり、他方はそれに苦しむ者たちのそれである。既に生まれている、あるいはこれから生まれる人間がどちらのグループにも属さないという状況を生み出すことは、いかなる法、いかなる力、いかなる哲学の進歩、いかなる文明の発展をもってしても実現できない。したがって可能なのは、選ぶことができる者がどちらかを選ぶことのみとなる。確実なのは、選択の権利はみなに与えられたものでも、つねに行使できるものでもないということである。

29

文学に関係する仕事ほどに実りの少ない職業は存在しない。ところが、世間では虚言というものに高い価値を認めているため、文学もまた虚言の力を借りて実りある職業になりうる。虚言は、言うならば社会生活の魂である。人間の魂にもたらす効果を考える際、いかなる技術や能力も、虚言という技能なしには完全とは言えない。さまざまな物事において、真の価値を有する人間と偽りの価値を有する人間——こうした二人の人間の運のよさを比較してみてほしい。すると、つねに後者の方が幸運に恵まれているということが分かるだろう。いやむしろ、多くの場合、後者は幸運で前者は運に見放されているとさえ言える。虚言は真実を欠いていても効果を発揮するが、真実は虚言なしには何もできない。私の考えでは、これは人類の悪しき性向によってもたらされるものではない。そうではなく、真実がいつもあまりに貧相で不完全なものであるゆえ、あらゆる物事において、人間が喜びを感じ突き動かされるためには一かけらの幻想や名声が必要とされ、質量ともに現実より優れたものが約束される必要があるのだ。自然そのものが、人間に対する虚言であるとも言える。自然は、想像力や幻想といった道具に依拠せずには、人生を愛すべきものにすること、いや耐えうるものにすることもできないではないか。

30

現代を侮辱して過去を称賛することが人間の常であるが、多くの旅人の振舞いにも同様のことが言える。彼らは、旅の途中は自分の生まれ故郷に対する愛情を抱いて、憤慨したように旅先のことを悪く言いつつ故郷を懐かしむ。しかし故郷に戻ると、訪問してきた旅先のどの場所よりも悪いものとして、再び憤慨しながら故郷を侮辱するのである。

31

あらゆる国において、人間および人間社会に共通する悪癖・悪事はその土地固有のものとみなされている。私が今まで訪れた土地のうちで、住民の次のような発言を耳にしないようなところはなかった。すなわち、この土地の女性は己惚れやすく持続性に欠け、本はほとんど読まず、教育もよくなされていない、とか、この土地の人々は他人のことに気にして、とてもおしゃべりで口が悪い、とか、ここでは金銭、愛想、臆病が幅を利かせている、とか、ここでは嫉妬が支配し、友情は不誠実だ、といった発言である。彼らは、あたかも他の土地では事情が異なると考えているかのように語るのだ。人間が惨めな存在であることは必然のことであるが、人間はそれを偶然のことだと信じているのだ。

32

若者は、つねに完璧を求め、それを期待しつつ、心の中に秘めている完璧な理念を基準にすべての事物を評価しようとする。そのため、欠点を許したり、貧弱で不完全な美徳や人間のうちに現れる一時的な価値に敬意を払ったりすることがなかなかできない。しかし人間は、人生の実践的な側面の理解が進むにつれて、若者の頃のこうした厳格さを日々失っていく。そして、あらゆる物事がいかに不完全であるかを目の当たりにし、この世には彼らが軽蔑する少量の善以上に優れたものはないということを確信したとき、少しずつ基準を変更し、目の前にあるものを完璧なものではなく真なるものと比較するようになる。そして、気前よく許してやることに慣れる。そこにある凡庸な美徳、薄暗い価値、小さな能力――こういったもののすべてに敬意を払うことに慣れるのである。しかもそれは、以前はほとんど耐えがたく感じていた多くの物や人が、称賛されるべきと感じられるようになるほどの変化である。ことはさらに進んで、最初何かに敬意を払う能力が欠けていると思われていた彼らが、時間の経過とともに、軽蔑する能力が失われているかのごとくに変容してしまう。知性に恵まれた人間ほどこの傾向が強い。というのも、他人を軽蔑しつつ不満を抱いて最も若い時期を過ごすことは、決してよい兆候とはいえないからである。こうした人間は、知性を欠いているためか、あるいは間違いなく経験不足のために世間を知ることができなかった者どもである。そうでなければ、自分自身をあまりに高く評価しているために他人を軽蔑してしまう愚者の類に違いない。さて、世間に慣れることは、その実、軽蔑することより尊敬することを教えるものだと述べてきた。この言明が意味するのはつまり、人間に関与する諸々の事柄が極めて卑しきものだということにほかならない。これはあり得そうにないことに思えて本当のことなのである。

33

凡庸な詐欺師は、そして女性一般は、つねに自分の詐術が功を奏し、相手が騙されていると信じるものだ。それに対して、最も狡猾(こうかつ)な人間は疑ってかかる。なぜなら、他人を騙すことの難しさもそれが発揮しうる威力も熟知しつつ、彼ら自身が欲していること、つまり他人を騙すことは、誰しもが欲していることでもあると、よく知っているからである。騙そうとした方が騙されるという事態も頻繁に生じるではないか。狡猾な人間は、理解力の足りない人間がするように、相手が理解力を欠いていると考えたりはしないのである。

34

若者は、ごく一般的に、憂鬱（ゆううつ）に見せることで人に好かれるものと思っている。確かに見せかけの憂鬱は、短期間であれば特に女性に好かれうるものだろう。だが、真の憂鬱は全人類から疎まれるものである。長い期間を問題にするなら、人に好かれ人間のやり取りの中で功を奏するために必要なのは陽気さであるに違いない。なぜなら、若者の思い込みに反して、世間は泣くことより笑うことを好むものなのである。そしてそうした世間の判断は、間違ったものでもないのだ。

35

文明的とも野蛮ともいえないような土地、例えばナポリでは、他の土地でも観察できる物事がより際立って見える。すなわち、金を持たないと思われる人間は人間ではないかのごとく扱われ、金持ちとみなされる人間はつねに命の危険にあるのだ。それゆえこうした土地では、実際によく見られるように、金銭に関する自分の状態を一種の神秘のヴェールに包むという決断が必要になる。そうすることで、大衆は彼を蔑むべきか殺すべきか判断できなくなるのだ。そして、半ば軽蔑され半ば尊敬され、時に害を加えられそうになり、時に放置される。すなわち彼は、普通の人間になるのだ。

36

多くの人間はあなたに対して、卑劣な振る舞いを見せつつ、それと同時に、一方では彼らの卑しい行為を妨げないように注意し他方では彼らを卑劣漢とみなさないことを求める。そして、従わないと恨むと脅すのだ。

37

日常生活において、何より許されざるものと考えられているのは不寛容である。実際、不寛容以上に許容されていないものはない。

38

同等の熟練度にある二人のフェンシング選手が相戦った時、フェンシングの技術は無意味になる。一方が他方に対して有利になるところがなく、両者ともに未熟であるかのような状態に陥るからである。これと同様に、人間が嘘つきや悪人になりながら互いに何も儲けることがない、ということが極めて頻繁に起こる。同程度の悪行とペテンを互いにやり合うことにより、両者とも誠実かつ実直であるかのような状態に至るからである。損得勘定をするならば、悪行や二枚舌は、力と結びついたとき、または虚弱な悪行や狡猾あるいは善と対峙するときのみ有用となるに違いない。ただし、悪が善と対面することは稀である。また、悪が自分より弱い悪と対峙することも一般的ではない。なぜなら、人間の大半は同じような悪人であり、悪の程度の差は少ないからである。その一方で、次のような事態が生じる頻度は計算できない。すなわち、互いに悪事を働くまたはそう努めることによって苦労して手に入れたものや苦労しても手に入らないものを、互いに善をなすことによって簡単に手に入れることができる――こうした事態がどれほど頻繁に生じるかは推定不可能なのである。

39

なぜ老人は、しばしば自分が若者だった時代を称賛し現代を罵るのか。その理由をバルダッサーレ・カスティリオーネ〔一四七八－一五二九　ルネサンスを代表する人文主義者の一人〕が『宮廷人』において的確に述べている。

ところで老人にみられるこの誤った見方の原因はなにかというと、思うに寄る年波は人生の多くの快楽を年とともに奪うからであり、なかでも血液から大部分の精気を失わせるからである。それゆえ体力が衰え、本来心は諸器官の働きによって活力を保っているのに、それらが萎えてしまうのである。したがってその年齢になるとあたかも秋に木の葉が落ちるごとく、われわれの心から甘美な快楽の花が散ってしまい、明るく澄み渡った頭に数々の不快をともなった黒い濁った悲哀が入り込んでくる。そこで肉体のみならず精神も衰えるのである。そして心は過去の歓びのなかで、若いころのあの懐かしい時代の変わることのない想い出とおもかげばかりをとどめる。そのころに立ち返るとわれわれの眼にふれるものは、空も大地もすべてが歓喜に溢れ、ほほえみかけて来るように思われ、想い出のなかにあたかも美しく優雅な花園のように、甘美で陽気な春の花が咲き乱れるように思われるのである。したがって、すでに冷々とした季節になり、人生の陽がわれわれの快楽を奪い去って沈んでいくところには、そうした快楽とともに想い出も失われ、テミストクレス〔前五二五頃−前四五九頃　古代ギリシアの政治家・軍人〕が言ったように、忘れることを学ぶ技術を身につけることがおそらく有益であるかも知れない。なぜならわれわれの肉体の感覚はあまりにも虚偽に満ちたものであり、心の判断をもくもらすからである。それゆえ老人は、港をはなれるときに陸地を見つめていると船の方は停っていて岸が遠のくように思う——実はその反対なのであるが——人の状態にそっくりである。というのは、港と同様に時間も快楽も姿を変えはしないのであり、われわれの方が死すべき船とともに一人ずつ港をはなれ、すべてを飲み込んでしまう荒れ狂う海へと出かけていくのであり、再び陸地には戻れずに風に打たれ、ついには岩礁にぶつかって船はくだけるのである。だから多くの快楽にはそぐわなくなっている老人の心は、それらを楽しむことはできないのである。あたかも熱におかされ、体気を毒された人が味覚を失い、どんなに上等で美味なぶどう酒でもひどく苦く感じるように、老人にとって決して欲望がないわけではないのに適応性を欠くために、快楽はつねに同じ性質であるにもかかわらずそれらが味気ない、つまらないものに思えて、過去に経験した覚えのある快楽とは似ても似つかないものに見えるのである。それゆえ快楽を奪われたように感じて悩んだ挙句、現在を悪とみなしてけなすことになる。そしてこうした変化が実は時間のせいではなく、自身のせいであることに気がつかないのである。それに反して過去の快楽を想い起こしながら、その快楽を味わった時代をも想い起こすのである。だからそれが実際に味わっていたときに感じられたよき時代の面影をのこしているように思われるので、その時代をよいものとほめそやすのである。なぜならばわれわれの心は、われわれが不快な思いをさせられた事柄をすべて憎み、愉快な思いをさせられたものを好むからである[005]。

カスティリオーネは以上のように述べつつ、イタリアの散文家に見られがちな大袈裟ながらも美しい言葉を用いて、まったく真なる断想を表した。このことを裏付ける事実として、老人の次のような傾向を指摘できるだろう。すなわち老人は、人間に左右される物事のみでなく人間に左右されない物事についても、現在を過去に劣るものとみなし事物が劣化したことを批判するのだ。実際は彼らの感じ方が変化しているだけなのに、一般的に物自体が変化していると考えるのである。私は、自分の両親が、年々寒さが増しているとか、冬が長くなったとか、彼らの時代には復活祭のころには冬服をしまって夏服を出していただとか、言っていたのを覚えている。彼らによれば、今日では、気候の変化は五月になってようやく、時には六月になってやっと感じられるものになったのだという。誰しもが、自分の周りの老人がそうしたことを何度も言っていたのを覚えているに違いない。こうした季節の寒冷化現象の原因を数名の物理学者が真剣に追及したのはつい数年前のことであるが、現実には生じていないその現象について、ある者は山地の森林伐採にその原因をみとめ、また別の者はその他よく分からない原因を見た。事実はむしろその逆である。その証拠に、古い文献のうちに古代ローマ時代にはイタリア半島が今日より寒冷だったと思わせるような記述がいくつか見られる。この考えは極めて信憑性が高い。というのも、時代が下るに連れて、人間の文明は人間の居住区における気候を日に日に温暖なものにしていっているということは、経験を通じて考えてみても自然の摂理に鑑みても明らかだからである。こうした現象は、とりわけアメリカ大陸において顕著に見られる。なぜなら、我々の記憶の中のアメリカ大陸は、一部では原始的な生活が営まれ一部は完全に未開だった土地に成熟した社会が取って代わった、と言えるような場所だったからである。ところが老人は、寒さが若い頃より耐え難いものになったことを感じながら、自分にではなく事物に変化が生じたのだと信じ込み、自らのうちで減少している熱量が大気において地球において減少しているものと妄想するのである。以上のことは、確かに根拠のあることであって、我々の周りにいる老人が我々に言うのと同じことを、今からもう百五十年前のマガロッティ〔一六三七－一七一二、トスカーナ公国の科学者・文人〕と同時代の老人も言っていたという。マガロッティは『近親者宛書簡』において次のように述べていた。

しかしながら、古くから続いている季節の順序が、確かに今変化しつつあるように見える。ここイタリアでは、中間の気候がもはや存在していないという噂や主張が一般に広がっている。そして、こうした境界線の消滅という現象にあって、寒冷期が領域を増しているということは疑いようがない。父は、彼の幼少期ローマでは復活祭の朝には皆が夏服を着ていたなどと言っていた。今では、肌着を抵当にかける必要がある者以外は、真冬に着ていた洋服を最も些末なものまで捨ててしまわないよう努めているものだと言える。

マガロッティは一六三八年に以上のように書いた。この寒冷化現象が、当時語られていたような速度で継続的に進んでいたとするなら、今やイタリアは、グリーンランドよりも寒冷な気候になっているはずである。言うまでもないが、地球全体に内側から生じているとされる継続的な寒冷化はこの問題とは全く関連がない。なぜなら、それは大変遅々とした寒冷化であって、数年ではもちろん十数世紀あったとしても、感じ取れないものだからである。

40

自分自身について多くを語るのは甚だ憎むべきことである。しかるに若者は、活発な本性と平均より優れた魂とを備えている程、こうした悪癖を避けるすべを知らない。極めて純粋な心で自身に関わる事柄を語り、それを聞く者が自分と同様に関心を抱くものと疑わない。ところが、彼らはそのように振る舞っても許される。経験不足が考慮されてということではない。むしろ、彼らが援助や助言を必要としていること、その年頃では嵐のように吹き荒れる情熱に言葉によるはけ口を与える必要があること——これらのことが明らかだからである。加えて、若者には想像のうちに自分たちだけの世界を欲する権利のようなものが与えられていると、一般に認められているようである。

41

自分のいないところで言われたこと、あるいは自分の耳に入らないように発言されたこと——人がこうした発言によって侮辱されたと感じるとき、その憤りが理に適(かな)っていることは極めて少ない。というのも、そうした人物は、自身の習性を思い起こし真剣に検討した場合、次のことを理解するからである。すなわち、友人ないしはその場にいない人物について多くの言葉や意見が口を突いて出てしまうとき、それは聞き手に非常に激しい不快を与えるものであって、そうならない程に親しい友人や尊敬できる人物は一人としていないのである。というのも、一方では我々の自己愛は過度に自分に優しく神経質なものである。そのため、自分のいないところで我々について言われたことは、それが忠実に我々のもとに届けられる限りにおいて、ほぼ不可避的に、全くあるいはほとんど我々に値しないと思われ、なおかつ我々を傷つけるものなのである。他方で、我々の習性は自分自身がされたくないことは他人にもしてはならないという教えに反しており、また他人についてはどれほど自由に話しても罪なきものとみなされる。そしてそれは、筆舌に尽くしがたいほどに甚だしいものだ。

42

人は、二十五歳を少し越えたあたりで突然、自分が仲間の多くから彼らより年配であるとみなされていると自覚し、ふと考えて自分より若い人間が世界にはたくさんいることに気づく。これは新たな感覚である。それまでは、自分が若さの点で争うこともなく最高位に位置するものとみなし、その他あらゆる物事において劣っていたにせよ若さでは負けていないと信じることに慣れていた。というのも、自分より若い人間には子供に毛が生えたような者しかおらず、したがって社会の一員と言えるような仲間をもった経験がほとんどないからである。そうした事情から、若さという美点が自らに備わっている本性・本質であるかのごとく感じ始めてしまい、自分が若さから切り離されることが想像できる状態になったときにはもはや手遅れの状態になってしまうのだ。そして、人間は若さのもつこうした美点に――それ自体についても、それに関する他人の意見についても――気を遣うようになる。確信をもって言えることだが、二十五歳を過ぎ青春の花びらが散り始めた人間のうちには、その人物が阿呆(あほう)でないかぎり、悲惨な目にあった経験がないと言える者は一人もいない。というのは、運命がどれほどその人物に味方しようとも、彼が二十五歳を過ぎると不運に苛まれることが避けられないからだ。他のいかなる不運よりもたちの悪い不運、また他の側面においてはあまり不幸ではなかった人間にとってとりわけ深刻で苦しいものと感じられる不運、すなわち、愛おしき若さが衰退し終末を迎えるという不運のことである。

43

この世界において、正直さに秀でるのはいかなる人物か。それは、あなたが親しくなっても、その人物に何の面倒を見てもらうことも期待せず、またその人物からいかなる損害を被ることも恐れることがない――そういった人物のことである。

44

行政官、あるいは政府の何らかの大臣を任命された者たちに、その役職に――とりわけ勤務中に――求められる能力や行動に関して尋ねてみるがよい。そこで得られるのは、事実は似通っているが解釈は大いに異なっている、というような返答だろう。あるいは仮に解釈が一致したとしても、その評価には際限なく不一致が見られるはずである。ある者が称賛することを、他の者が批判するといったように。唯一そうならないのは、他人もしくは公共の資産の節約の是非についてである。すなわち彼らは声を揃えて、節制をする行政官を称賛するか、あるいはその逆の性質の者を批判するのだ。要するに、行政官についてはよいも悪いも金銭の問題以外では判断され得ないと思われるのである。さらに言えば、よい行政官とはすなわち節約する行政官のことであり、また悪い行政官はつまり浪費する行政官のことにほかならない。公務員は、国民が所有するもの――生命、誠実さ、その他のあらゆるもの――を自分の好きなように取り扱うことができる。どんなことをしても言い訳が立つし、むしろ称賛を得ることすらできる。むろん、金に手を伸ばしさえしなければばの話だが。人間は、その他あらゆる点においてバラバラな意見をもつが、金を賛美することだけについては意見を合わせているかのようである。あるいは、あたかも人間の本質は金であり、金以外の何物でもないのではないかとさえ思えてくる。誠にこのことは、無数の証拠から人類の恒常的な公理とみなされるべき事実であり、とりわけ我々の時代にはそうなのである。この点に関して、前世紀のとあるフランス人哲学者[006]は次のように述べていた。すなわち、古代の政治家はつねに慣習や美徳について論じていたのに対して、現代の政治家は商業と金銭についてのみ議論していると。この点に関して、政治経済学部の学生や哲学雑誌に学ぶ学徒などは、それにはもっともな理由があると言うであろう。なぜなら、美徳もよい習慣も産業の基盤を欠く状態では成り立ちえない。産業は、人々の日々の欲求を満たし、すべての階級の人間に平穏無事な暮らしを与える。こうして、美徳は安定し一般大衆のものになる。彼らはこう考えるのである。大変よろしい。だがその間、産業に連れだって、何にもまして人を堕落させるような、文明人に最もふさわしくないあらゆる能力と情熱がはびこっている。それはすなわち、魂の貧困、冷徹、利己主義、吝嗇(りんしょく)、そして商人特有の欺瞞と悪意のことである。これらは際限なく増殖している。しかるに、美徳はまだやってこない。

45

誹謗(ひぼう)中傷によって傷ついたとき、心の傷の場合がまさにそうであるように、その妙薬は時間である。我々の生活様式や行動のどこかを世間に非難されたとき、我々に非があるにせよないにせよ、いずれにしても必要なのは耐え抜くことのみである。時間が少し経過すれば、話題が古臭くなり、悪口の主はもっと新しいものを求めてその話題を手放してしまうだろう。そして我々が一歩前に踏み出そうとするとき、他人の噂を蔑みつつ、確信に満ちた動じない態度を示す必要がある。その振る舞いが毅然としていればいるほど、初めは断罪されるか奇妙に見られたことが、すぐに理に適(かな)った普通のこととみなされるようになる。なぜなら、自分を曲げない人間が誤っているなどと世間は決して考えず、そうこうしているうちに彼らはとうとう自分の過ちを認め我々を無罪放免にしてくれるからである。弱者は世間の意志に合わせて生き、強者は自身の意志に従って生きる――このよく知られた事実も、以上のような理由によって説明される。

46

人間にと言うべきか、美徳にと言うべきか、あまり誇らしくない事実がある。すなわち、あらゆる文明的な言語——古代のものであれ近代のものであれ——において、人の良さと愚かさとは、善良な人間と価値のない人間とは、同一の単語によって指し示されるのだ。それらの多くは、例えばイタリア語におけるdabbenaggineもしくはギリシア語におけるεὐήθηςあるいはεὐήθειαなどは、おそらくあまり便利ではなかった元来の善良という語義を失って、第二義のみを意味するようになったのである（ひょっとすると最初から後者しか意味していなかったのかもしれない）。いつの時代も、大衆は人の良さをそのように評価してきた。大衆が抱く意見やうちに秘めた感情は、時には自らの意図しないところで言語のうちに表れる。つねに変わらない大衆の判断——これは、思考が表現に対立するゆえつねに偽ったものになるが——によれば、他を選べるにもかかわらず善人であることを選ぶ人間など存在しないのだ。愚者が善人になるのは、他の何物にもなり得ないからなのである。

47

人間は、思春期――すなわち将来に備えて自らの形を整えるための唯一の期間――を無意味に消耗するか、あるいは、快楽を貯めこむように思春期を過ごして、時期が来てみるともはや楽しむことができないようになっているか、のどちらかに定められている。

48

自然が我々に与えた同類に対する愛の大きさ——これを理解するためには、なんらかの動物、もしくは経験のない人間の子供が、どこかの鏡に映った自分の姿を見たときにどのような反応を示すか見るとよい。すなわち、自分に似た生き物がそこにいると信じ込んで、怒り心頭に発して動揺を隠さず、その生き物を傷つけ殺すためにありとあらゆる手段を試みるのである。本能および習慣によって従順な動物であるはずの飼い鳥も、癇癪（かんしゃく）を起して鏡に衝突し、翼を彎曲（わんきょく）させ口を広げては金切り声を上げ鏡を叩（たた）くのだろう。そして猿は、できる時には鏡を地面に落とし足でそれを粉々にしてしまうのである。

49

動物は自らに似たものを本能的に憎むものである。そして、自分の利益に見合う限りつねに相手を傷つけるものである。したがって、人間の憎悪や侮辱は逃れられるものではない。それに対して、軽蔑は多くの場合避けることができる。そういう訳で、若者や新参の社会人が出会った相手に対して恭しい態度を見せることは大抵適切な行動とはいいがたい。それが、臆病のためでもその他の目論見のためでもなく、敵対関係に陥りたくないとか相手の機嫌を取りたいとかいった欲求に基づく振る舞いだとすると、そうした欲求は満たされることはないし、またある面では相手の敬意を損なうものだ。というのは、恭しく接せられた者は自分自身に対する関心を増して尊敬を示す者への関心を失ってしまうものだからである。他人との交流に実益や名声を求めない者は、愛情も求めるべきではない。それは手に入らないものだからである。そして、私の助言を聞く気がある者は次のようにするがよい。すなわち、他人には借りのある分を返済するにとどめ、自らの威厳はまったく損なわないようにするべきである。そうした場合、そうしない場合に比べて、多少憎まれもすれば虐げられもするだろう。しかし軽蔑されることはあまりないはずだ。

50

多種多様な文章や格言が散りばめられたユダヤ人の書がある。その書は、アラビア語から翻訳されたものと言われているが、完全にユダヤ由来の書である可能性が高いと考える者もいる。その書のうちに、あまり目立たない多くの個所に紛れて次のような文章が見られる。ある賢人が、私は君のことが好きだと言われ、こう答えた。ああ、どうしてそうでないことがあろうか。君は私の宗教に属しておらず、私の親族でも隣人でもなく、私の生活を支えてくれる人間でもない。近親憎悪は、関係が近ければ近いほど増幅する。若者は、無数の理由から、そうでない者に比べて友情に適した存在だと言えるだろう。それにもかかわらず、同じように思春期を過ごす二人の間に長く続く友情はほとんど存在しえない。今日、思春期と呼ばれているのは、すなわち主に女性に没頭する時期のことである。むしろ、この時期の若者にこそ、友情は最大限に不可能である。それは、激しい情熱と、彼らの間に不可避的に生ずるライヴァル関係と嫉妬心のためである。またスタール夫人〔一七六六―一八一七　フランスの小説家・哲学者〕が指摘したように、他人が女性関係に順調であることはつねに不快の種になるものであって、それはその人物の最も親しい友人に対しても同様だからでもある。女性との関係は、取引や合意形成をするにあたり、金銭に次いで二番目に厄介な事柄である。そこでは、知人が、友人が、そして兄弟が、自らの普段の顔つきや性格を変容させてしまう。なぜなら人間は、友人や家族であり続けられるのは、いやむしろ文明的で人間であり続けられるのは、古のことわざが言うように祭壇まででではなく金と女までなのである。この段階に至って人間は野獣と化すのだ。人は、金銭に関わる事柄においてより非人間的になるとすれば、女性に関わる事柄ではより嫉妬深くなる。なぜなら、後者において問題となるのは虚栄心だからである。否、より適切に言うならば、そこに自己愛が関わってくるからである。自己愛こそ、すべての愛の中で最も個人的かつ最も繊細なものだ。誰かが女性に微笑みかけたり甘い言葉を囁(ささや)いたりすると——そうした機会には誰でも同じ様に振舞うにもかかわらず——その場にいた者は決まって、場所を変えてか居合わせたもの同士で、その者をひどく嘲笑うものである。この種の成功から得られる楽しみの半分は、その他の多くの場合と同様それを語ることにある。だが自身の恋愛の喜びを伝えること、とりわけ他の若者に対してそれをすることは、まったくもって正しくない行いである。なぜなら、その類の話はいかなるものであっても誰もが煩わしく感じるものであり、仮に本当のことを言ったとしても極めて頻繁に冷笑されるのがおちだからである。

51

人間が正しい損得勘定を働かせて行動するのは、いかに稀なことであるか。このことを考慮に入れると、次のような人間がどれほど簡単に他人に騙されてしまうか容易に分かるはずである。それはすなわち、何らかの隠された解決策を言い当てようという気を起こして、彼や彼らにとってその解決策が最も有益になる場合を詳細に検討しようとする者のことである。かつて、フランス王フランソワ一世がマドリードの城塞から解放された後に、いかなる方策を取るべきかについてさまざまな議論がなされた。グイッチャルディーニ〔一四八三－一五四〇　ルネサンス期に活躍したイタリアの歴史家〕は、『イタリア史』第十七巻の冒頭においてこのことを取り上げ、次のように述べている。

論者たちは、フランス人がどのような性格をしていて、どれほど慎重であるかという問題より、フランソワ一世が取るべき最も理にかなった方法はどのようなものかという問題を考察していたようである。これは、他人の性質や意志を評価する際、たしかにしばしば我々が陥ってしまう過ちであろう。

グイッチャルディーニは、人間を深く理解しつつ、人間の本性の把握を通じて歴史事象に関する哲学的思索を行った、近世唯一の歴史家であるかもしれない。彼は、政治科学などと呼ばれるものに頼ろうとはしなかった。それは人間を対象とする学問から切り離されたものであり、それゆえ多くの場合実態を伴わないものである。だが政治学は、順序立てて出来事を語ることに飽き足らず――多くの人間は、先のことは考えずに語ることで満足するのだが――、それについて議論したいと望んだ歴史家に、とりわけ外国の歴史家たちに広く利用されている学問である。

52

あなたのために何かしてあげようという申し出があったとき、それは誰の申し出であっても単なる言葉以外の何物でもない。それが最大限に心を込めた申し出であるように見えたにせよ、また厳かにかつ繰り返し提案されたものだとしても同じである。これを理解しない者は、生きるすべを学んだとは考えない方がよい。提案の場合だけではない。多くの人間が自分の能力を利用してもらおうとしつこく際限なく願い出るものだが、こうした嘆願についても同じことが言える。彼らは、その方法や状況を限定し、正しく問題点を取り除いてから嘆願を行うものだ。最終的にあなたが、説得されてか、ひょっとすると嘆願のしつこさに負けてしまってか、とにもかくにも自分の必要としているものをこうした人間に伝えることになったとしよう。すると、その人間はすぐに顔面蒼白となって話題を逸らし、何ら意味のない言葉で返答したきり結論は出さないままにしておくはずである。その後、長らく彼は姿をくらますだろうから、仮に大変苦労して再会できたとすれば、あるいは催促の手紙を書いてそれに返信が来たとすれば、あなたは大変な幸運の持ち主だと言える。

人間は、他人に恵みを施すことを欲しないものだ。その行為自体が煩わしいからであり、さらには自分の知人に何かが欠乏していたり不幸が訪れたりすることは、ある種の快楽をもたらすものだからでもある。ところが人間は、慈善家であると思われたいものであり、他人から感謝されたいものでもあり、恩恵を施すことによって手にする優越感を欲するものでもある。こうして人は、与えたくないものについてそれを提供しようと申し出るのだ。あなたが自信家であればある程、彼らはしつこく迫るだろう。それは、第一にあなたを侮辱して赤面させるためであり、また第二に彼らの提案があなたに受け入れられるとは全く思っていないからである。こうして彼らは、勇猛果敢にきわどいところまで進み、詐欺師になり果ててしまう可能性が大きくありながらそれを軽視して、ただただ感謝されるのみとなる希望にかけるのである。だが、なんらかの要望をこちらが出した際には、その最初の単語が発された瞬間に彼らは逃げ出しているだろう。

53

古代の哲学者ビオン〔紀元前三二五頃－紀元前二五〇頃　犬儒学派に属する古代ギリシアの哲学者〕によれば、パイか甘いワインにでもならない限り大衆に好かれるのは不可能である。しかしこの不可能なことは、人間社会に生き続ける限りつねに求められるものであるだろう。それを求めているわけではないと言う者も、時には求めていないと信じ込んでいる者でさえ、実際はそれを求めるはずだ。同様に、人類が存在し続ける限り、人間が置かれた状況を最もよく知っている者たちは、幸せにたどり着けると自らに約束しつつ死ぬまで幸せを追求していくだろう。

54

我々は次のことを一般的な真理とみなしてよいだろう。すなわち人間は、短期間の場合を除いて、いかに反対のことが確実かつ明瞭であるとしても、心の平穏のために必要でいわば生きるために欠かすことのできない事柄が真実であると自分の中で信じ込む——それを他人に隠しておいたとしても——ことを避けられないのである。老人は、とりわけ社交に慣れている老人は、さまざまな機会にその反対のことが証明されるにもかかわらず、普遍的な規則からすれば極めて特殊な例外として、自分自身も説明できない何らかの未知の方法を通じて、女性にまだ多少は気に入ってもらえるはずだと、人知れず彼の脳内で信じこむことをどんな時にもやめようとしない。それは、文明人が、時にはある仕方で、時にはまた別の仕方で、直接的にせよ間接的にせよ最終的に人生を捧げてきた幸せそのものである。もし彼がその幸福からすべてにおいて永遠に排除されてしまったと完全に納得してしまったら、彼の置かれた状況はあまりにも惨めなものになってしまうだろう。尻軽女は、噂が立っている兆候を毎日自分の周りに沢山目にしているにもかかわらず、一般的には誠実な女性とみなされているものと信じ込んでいる。そして、昔から今まで信頼を置いてきた少数の人間のみ――少数とは、大衆に比べてのことであるが――が彼女の真実を知りそれを内密にしていると信じているのである。臆病な態度を取る人間は、まさにその臆病さと勇気のなさによって、他人の評価を心配しつつ、自分の行動が最善の仕方で解釈されその本当の動機は伝わらないものと信じている。物質的な事象についても同じようなことを、ビュフォン〔一七〇七－八八 フランスの科学者、博物学者〕が述べている。すなわち、病人は臨終に至ると医者でも友人でもなくただ自分の期待を信じ、現存している危機から解放されるかもしれないと願うのである。夫がどれほど見事に妻を信用しているかは語るに及ばないだろう。それは、離婚が許されていない諸国家において、短編小説、演劇、冗談の題材となり、繰り返し繰り返し笑いの種になったものである。以上のように論じてみると、次のことが理解される。すなわち、最も良識のある人間が、反対の状態に収まることも自らを落ち着けることができないがゆえに、真実だとみなす物事――これこそ、この世に存在するものの中で最も嘘に塗り固められた馬鹿げた事柄なのである。また、次の点も忘れずに述べておこう。すなわち自分に都合のよい物事を妄信することを断ちつつ、自分を傷つけかねないことを信じることについては、老人より若者の方が向いている。なぜなら若者の方が、悪を直視する勇気に長け、良心を保持すること、あるいは良心を守るために倒れることに適しているからである。

55

他界した夫を心の底から嘆く女は嘲笑の的になるが、慣習よりも早く人前に姿を現し、喪に服すのをやめれば、それがいかなる深刻な理由がありいかなる必要に迫られたものであったにせよ、厳しく非難されるものだ。世間は見た目で満足するものだという格率は使い古されたものだが完全なものではない。これを完全なものにしたければ次のように付言すべきだろう。すなわち、世間は本質というものを決して喜ぶことなく、しばしば気にもかけず、また大抵それに対して非常に不寛容である、と。古代世界では、優れた人物に見えるようになるより、実際にそうなるために努力を惜しまなかった。しかし世間が命じるのは、優れた人間に見えることであって、優れた人間になることではない。

56

誠実さは、見せかけのものであるとき、あるいは——稀なことではあるが——それが信頼されなかったとき、初めて役に立つ。

57

人間は屈辱を与えることより、屈辱を受けることに恥を覚える。したがって、人を侮辱する者に恥をかかせるには、侮辱し返す以外の方法はない。

58

気の弱い人間には傲慢な人間と同様、自己愛がある。むしろ気の弱い人間の方の自己愛の方が大きい、あるいはより敏感であるとでも言おうか。だからこそ怯えるのである。彼らは他人を傷つけることを避けるが、それは乱暴者や向こう見ずな人間よりも尊敬の念をもって他人と接するからではない。一つ一つの暴力から受ける極端な苦痛を想定しつつ、自分が暴力の対象となることを避けるからである。

59

これまで幾度も指摘されてきたことだが、諸国家において、確固たる美徳が減退していくにつれて、見かけ上の美徳は拡大していくものだ。私には、文学にも同様の運命が待っているように思われる。我々の時代になって、文体の美徳はその実践はおろかその記憶まで失われてきているが、それとは対照的に印刷技術が洗練されてきているではないか。今日、一日しか必要とされない新聞やその他の政治の戯言(ざれごと)は、過去に出版されたいかなる古典作品よりも洗練された印刷技術を用いて刊行されている。しかし、文章術については、もはや知られていないし、その名が呼ばれることすらほとんどない。私が考えるに、優れた人間は皆、現代の書物を開き読んだとき、あれほどおぞましい言葉と大部分において無意味な思想とを表現するために、これほど洗練された紙と文字が用いられていることに哀れみを感じるだろう。

60

ラ・ブリュイエール〔一六五四－九四 『カラクテール』の著者として知られるフランスの批評家〕は大変正しいことを述べている。曰く、一人の作家が優れた書物によって名声を獲得することに比べて、一冊の凡庸な書物がその著者の既に獲得している名声によって評判になることの方が容易である。この格言には、次の点を付け加えることができるだろう。すなわち、名声を得るための一番の近道は、確信と執着心をもって、可能な限り多くの方法を用いて既に名声を得ていると断言することであると。

61

思春期を過ぎると、人はコミュニケーション能力を失い、いわば、その存在感によって他人を感化することができなくなる。若者は周囲の者に対してある種の影響力を帯びているため、周囲の者はこの影響力によって彼に近づき、彼を気に入るものである。だが、若者がその影響力を失ったとき、仲間たちの輪の中にいながら実は皆と離れており、自分を囲む者たちが感覚的生命体であるにもかかわらず、彼に対しては無感覚な生命体が示すほどの関心しか示していないことに気づく。そしてその知覚は新たな苦痛を伴う。

62

適切な機会に自らを捧げられるようにするために最も必要な基礎的準備は、自分を高く見積もっておくことである。

63

芸術家が自らの芸術に対して抱くイメージ、あるいは学者が自らの学問に対して抱くイメージ――これらは、彼らが作品のうちに占めるとみなす自分の価値と反比例するように拡大するものである。

64

芸術家、学者、その他あらゆる種類の愛好家が、彼らの競合者とではなく愛好する対象と自らを比較する場合、優秀であればあるほど、自らを低く評価するものである。なぜなら、その対象を熟知すればするほど、対比において自らを劣ったものと感じるからだ。ほぼすべての偉大な人間は謙虚であるという事実もここからくる。というのも、彼らは他人とではなく自らの魂の眼前に存する完璧なイメージに自らを比較するからである。彼らの抱く完璧の理念は、一般人が抱くそれに比べてはるかに明瞭かつ巨大である。他方の一般人は、彼らの心の中で理解しうる完璧のイメージに達成しそれを凌駕（りょうが）したと、すぐに考えてしまう。しかもそれはおそらく時に真実でもある。

65

人付き合いは、長い期間続くとどんなものも心地よくなくなってしまう。ただし、相手からの評価が日に日に増していくことが重要であり好ましいと考える人間にとっては、継続した関係は心地よいものでありうる。それゆえ女性は、少しの期間が経過した後に相手にとって付き合いが心地よいものであり続けるよう望むならば、長い間、高く評価してもらいたいと思われるような女性になるように努めなければならないだろう。

66

今世紀にあっては、黒人は白人に比べ人種も起源も完全に異なるものでありながら人権に関しては全く同等の存在であると考えられている。十七世紀には、一方で、黒人は白人と同じ起源を有し同じ種族であると考えられていたにもかかわらず、他方で、とりわけスペインの神学者が、自然の摂理や神の意向が黒人に与えた人権は我々のものよりはるかに劣ると主張していた。そして今世紀にも十七世紀にも、黒人は売買の対象になり、鎖につながれ鞭(むち)に打たれて働かされている。これが倫理というものである。事程左様に、倫理に関して信仰と行動は相互に無関係なものなのである。

67

退屈はありふれた苦しみであると言われることがあるが、それはあまり正確な指摘ではない。ありふれているのは、職に就かない、よく言えば手が空いている状態であって、退屈そのものではないからだ。退屈は、魂が何物かでありえる人物にしか訪れないものである。魂の力が強ければ強いほど、退屈は頻繁に訪れ、辛く恐ろしいものになる。大抵の人間は、どんなものにも十分没頭できるし、あらゆる愚昧な用事のうちにも十分楽しみを得ることができる。それゆえまったくやることがなくなったとしても大した苦痛を覚えない。こうした事情から、退屈の感じ方をめぐって感受性豊かな人間が他人にあまり理解されないということが生じる。そして、彼らが退屈について話し、人生における最も巨大かつ最も避けがたい苦しみに対して用いるべき深刻な言葉で退屈を形用したとき、一般人たちは時に驚き時に笑うことになる。

68

退屈は、ある意味では人間の感情のうちで最も崇高な感情である。といっても、私はその感情の検証から多くの哲学者が導き出せるという結論が生じると信じている訳ではない。しかし、である。地上のいかなるものにも満足できない――地球全体に満足できない、と言ってもよい――こと。計測不可能な程の空間の大きさ、そして世界の驚くべき数量を考察しつつ、それらすべてが自分の魂の容量に比べて少ないあるいは小さいと考えること。世界が無数に存在し宇宙が無限であることを想像しながら、我々の魂や欲望はそれよりさらに大きいと感じること。つねに事物を不足や無価値の廉(かど)で断罪すること。欠乏と空虚、すなわち退屈を耐え忍ぶこと。私にはこれらのことが、人間の本性のうちに見られるもののうちで、偉大さと高貴さの最大の目印であるように思えるのだ。したがって退屈は、無価値の人間にはあまり知られておらず、また人間以外の動物にはほとんどあるいはまったく知られていない。

69

著名なルッケイウス宛書簡において、キケロ〔前一〇六－前四三　古代ローマの政治家、哲学者〕はルッケイウスにカティリーナ断罪の経緯を書き残すように勧めている。この書簡ほど知られてはいないが、これに劣らず興味深いのは、ローマ皇帝ウェルスがフロント〔一〇〇頃－一六六頃　古代ローマの弁論家。マルクス・アウレリウス帝の家庭教師を務めたことで知られる〕に送った手紙である。そこで彼は師フロントに自ら指揮したパルティア戦争について執筆するよう依頼し、フロントはこの書を実際に執筆した。これらの手紙は、今日新聞記者に我々が送る手紙に酷似している。ただし、我々が新聞社に執筆を依頼するのは新聞記事であるが、彼らが依頼していたのは――古代人であるため――書物の執筆であった。さてこうした歴史は、仮にそれが同時代人によって書かれたものであり、また当時はかなり信頼されていたものであったとしても、実際にどれほど信頼に値するものだろうか。この問題はどこかで簡単にでも論じるべき事柄であろう。

70

世間に慣れていない若者、そして、年齢にかかわらず生まれつき大人以上でありながらつねに子供に見えてしまう性質をもつ人々は、子供じみた振る舞いと呼ばれる過ちにしばしば陥る。こうした過ちの多くは、よく考えてみると、ただ次の点から成り立っていることが分かる。すなわち彼らは、人間が実際そうであるほどに幼稚ではないと想定して、思考し行動してしまうのである。よく躾けられた若者が社会に出るとき、彼らの心を最初にそして他の何よりも強く驚かせるものは間違いなく人間の軽薄さである。人間は、日々の雑事において、時間つぶしにおいて、おしゃべりにおいて、その性向において、その魂において、軽薄なのである。そうした軽薄さに対して彼らも付き合うにつれて順応していくが、それは苦労と困難を伴う作業である。というのも、彼らはその際、再び子供に戻らなければいけないように感じるからだ。そして現実もそういうものなのである。性格がよく礼儀正しい若者が人生の出発点と言われる段階に達したとき、当然のことながら、後ずさりし、少しだけいわば子供返りをする必要がある。そして彼は、すべてにおいて大人になり子供じみたところの残りをすべて捨て去らなければいけないというそれまで信じてきた原則に、大いに騙されたと感じるのだ。一般的な人間は、どれほどの年月が経とうとも、多くの場面においてつねに子供らしく生き続けるのである。

71

大人に対して抱く先程述べたような見解のため、つまり人を実際以上に大人であると信じてしまうために、若者は過ちを犯す度に狼狽しそれを見ていた者あるいはそれに気づいた者の評価を失ってしまったと考えるものだ。だがその後、すぐに彼らが以前と同じように接してくれる様を見て、驚きと共に安心を覚える。人間は、それほど容易く他人に対する評価を下げたりはしないものなのだ。いちいちそんなことをしていたら、きりがなくなってしまうからである。人間はまた、他人の過ちなど忘れてしまうものだ。あまりに多くの過ちを目にし、自らも絶え間なく過ちを犯しているからである。さらに人間は、あまり一貫性のある存在ではない。だから、昨日嘲笑った人間を今日称賛するということがよく生じるのである。その場にいない誰かを——時には大変厳しい言葉で——非難したり、からかったりしつつ、かといって評価はまったく下げず、その後、彼が居合わせる際に同じ態度で接する。我々がどれほど頻繁にこのような行動をとっているかは改めて問う必要のないことである。

72

若者が上述のような恐れによって欺かれるのと同じく、他人の評価を下げてしまったことに気づきサービスや親切によって挽回（ばんかい）しようと試みる者は、自らの希望に欺かれていると言える。評価はこび諂（へつら）いによって獲得されるものではない。そして、友情の場合と同様、一度強く踏まれるか枯れてしまった花はもう二度と咲くことはないのである。したがって、こび諂いと呼ぶべきものは自らの評価をさらに下げるという結果しかもたらさない。本当のところ、軽蔑は、それが不当なものであっても、またその対象がどんなものであっても、大変我慢しがたいものである。それゆえ、軽蔑に苛まれた際、動揺を見せないほど忍耐強い人間はほとんどおらず、大抵は、多種多様な方法を用いて——しばしばそれは甚だ無駄な努力に終わるが——軽蔑を振り払おうと試みてしまうのだ。凡庸な人間には、無関心な者あるいは自分にしか興味を見せない連中に対して傲慢と軽蔑を示し、相手がそれを気にしていない兆候や疑いを見せてくるや否やそれに耐えきれず謙虚になって、しばしば卑しい行為に訴える、という悪癖がよく見られる。しかしまさに同じ理由から、誰かがあなたを軽蔑してきた際に取るべき対策は、同じくらいかより強く相手を軽蔑し返すことでしかないことが分かる。なぜなら、そうすることによって相手の傲慢が謙虚に変容するということは十分にありうることだからである。そこまでいかないとしても、相手は確実に、こうした侮辱と共にあなたに対する尊敬を自分の内側で感じることになる。これは、彼を罰するには十分すぎる結果であろう。

73

無関心や侮辱、必要とあらば無関心を装い、わざと低く評価しているように見せかけること。こうした振舞いによって、ほとんどすべての女性が、また多くの男性が、さらにはとりわけ横柄な人間が、引き寄せられて身動きができなくなる。なぜなら、自分に謙虚に接し敬意を表する者たちに対して傲慢に振舞う人間は無数にいるが、こうした人間はその傲慢ゆえに、自分に目もくれず関心を示さない相手を見ると、その評価や視線を気にかけ、心配し、期待するようになるからである。こうしたことから、二人の人間の間で、永遠に互いの立場が交代し続ける滑稽な喜劇が生まれる。どちらかが今日は相手に気にされているが自分は気にしていない、明日は自分は気にしているが相手に気にされていない、というような。こうした喜劇の一幕は、稀でないどころか頻繁に、そして恋愛以外の場面でも生じるものである。むしろ、似たような遊戯や交代劇は、なんらかのあり方で、程度の差こそあれ人間社会のどこにでも現れるものと言えるかもしれない。そして、見つめられて見つめ返さない者、挨拶されて返事しない者、追いかけられて逃げる者、背中を翻すか顔を背け、違う方向を向いて身を屈め、他の人間の後を追いかける者——こうした人々が人生のあらゆる局面に溢れている、とも言えるかもしれない。

74

偉大な人間たちに対して、とりわけ男らしさに秀でた人間に対して、世間は女性のようにふるまう。世間は、彼らを高く評価するのみでなく、愛しさえするのである。彼らの力が人を愛させるからである。しばしばこうした人間に対する愛は、女性の場合のように、彼らが他人を侮蔑したり、粗雑に扱ったり、さらには恐れさせたりすることによって、そしてその程度に比例して、大きくなる。ナポレオンがフランス国民に愛されたこと、そして兵士たちを「肉の砲弾（シェル・ア・カノン）」と呼んでそのように扱った彼が、かえって兵士たちのある種の信仰の対象となったということも、こうした理由によるのである。こうして、ナポレオンと同じように人を評価し使用した将軍が、存命中はその兵士たちにとても大切にされ、また今日では歴史の一部となって読者を魅了しているのである。そうした人間にあっては、残酷さや奇抜さも大変好まれる。ちょうど、女性が恋人たちの残酷さや奇抜さを愛するように。こういうわけで、アキレウスは愛される対象として完璧な存在となる。これに対して、アエネイアスやゴドフロア・ド・ブイヨン〔一〇六〇頃－一一〇〇　第一回十字軍指導者の一人。タッソの叙事詩『エルサレム解放』の主人公として知られる〕の優しさ、そして彼らやオデュッセウスに見られる賢さは、憎しみさえ生みかねない。

75

その他の多くの面でも、女性は世間一般を象徴している。虚弱さは多くの人間の特性であり、また大衆はその虚弱ゆえに、頭脳、精神、身体のどれかが強靭な少数の人間に対して、女性が男性に対してそうなるのと同じような状態に陥るからである。したがって、女性と人類とを手玉に取るために必要なのは、ほとんど同じ技術だと言える。大胆さに優しさを混ぜ合わせ、拒絶を容認し、堂々と恥を捨てて執着を見せる――こうした態度によって、女性のみでなく、権力者、金持ち、とりわけ人間の集団、国家、そして時代を支配することができるのである。女性に関して、恋敵を打ちのめし自分の周りから他人を遠ざける必要があるように、社会においても、競合相手や仲間を倒して彼らの死体の上を歩いていかなければならない。そこで必要とされるのはともに同じ武器であり、その主要なものが誹謗と嘲笑である。偽りのない熱い愛情で他人を愛する者、そして自らの利益より相手の利益を優先する者は、女に対しても男に対してもつねに何の成功も得られない。仮にそうならなくとも、大変不幸になることは間違いない。つまり社会は、女性と同じように、誘惑し、楽しみ、そして踏みつける者の手の中にある。

76

この世界でもっとも稀有なのは、日常的に許容されうる人間である。

77

身体の健康は、誰もが最も重要な財産とみなすものである。だが、人生の重要な行為や用事において、健康に対する配慮が——仮にあったとして——他のことに優先されない事例はめったにない。その理由のすべてではないにせよ一部は、人生が主に健康な人間たちの手の中にあるという点に見出せるだろう。彼らは自分が所有しているものを軽視するか、あるいはそれを失うかもしれないということを考えてもみないからである。これは我々が常日頃目にしているところではないか。数ある例から一つ挙げてみよう。都市を建設するためある土地が選ばれる際、もしくはある都市に住民が増加する際、その理由は多種多様なはずである。しかし、土地の安全性がその理由になることはおそらく決してない。反対に、この地球上には、人間が何らかの努力を通してある程度うまく順応できないというほどに不衛生で不潔な土地は存在していない。極めて衛生的であまり人の住んでいない土地の近くに、あまり衛生的ではないが人が大変多く住んでいる土地がある、ということが頻繁に起きる。人々が、衛生的な都市や気候を離れて、別の理由のため、厳しい空の下、しばしば不衛生で、時にはほとんどペスト菌にまみれたような場所に競って集う――こうした光景も、絶え間なく見られるものである。ロンドン、マドリッド、その他同様の都市は、衛生面から言えば最悪の環境であるが、首都であるため、とても健康によい田舎町を捨てて集まってくる人々で、日々人口が増加している。我が国に限って言えば、トスカーナ地方のリヴォルノを例に挙げることができる。リヴォルノでは、商業が発展したため、それが契機となって人口が増加し、その後も継続的に増加を続け現在も増加を止めない。そのリヴォルノの城門の近くには、健康によく温暖で心地よい気候で有名な都市ピサがある。ピサは、港町として強力であった時代にすでに人口が多かったものの、いまやほとんど砂漠のような状態と化し、日々、人口が減少し続けている。

78

公共の場や、その他あらゆる集まりにおいて、二人以上の人間が、他人に見えるような形で笑い合っているが、その理由が何か分からない――このような状況では、その場に居合わせた全員に不安が生じ、次のような行動をとるようになる。すなわち、すべての会話の内容がまじめなものになったかと思えば、多くの者は口をつぐみ数人はその場を去る。そして、もっとも大胆な者は、笑っている人間に近づいて一緒に笑わせてもらうのだ。それはあたかも、暗闇の中で、人々が大砲の音を近くに聞いたときに示す反応のようである。大砲に砲弾が込められていた場合、それが誰に命中するか分からないので、誰もが大騒ぎしてその場を離れるだろう。笑いは、よく知らない人間からも尊敬や好意を獲得し、周りにいる者全員から注意を集めることができる。そこで彼らの中にある種の優越感が生まれる。もしあなたが、時折どこかで無視されたり横柄かつ不親切に扱われたりしたら、その場にいる者の中から適当な人を選び、彼と共に思い切って公然と大いに笑うしかない。そして可能な限り、それが心の底からの笑いであるように見せる必要がある。もし仮にあなたを嘲笑うものが居合わせたとしても、あなたは彼らよりも高らかに強く笑えばよいのだ。連れの中でもっとも横柄かつ傲慢な者たち、あなたから顔を背けていた連中は、あなたの笑いに気づくと、極めて短期間の抵抗を示したのち逃げ出してしまうだろう。あるいは、あなたの話し相手になることを求め、ひょっとすると友人になることすら願い出ながら、おもむろに和平を申し込みにくるかもしれない。そうでなければ、あなたがよほど運に見放されているということになる。人間社会において、笑いの力は強力で恐ろしい。どの角度からも笑いに対して防備されている人間など存在していないのだ。笑う勇気をもつ人間は世界の覇者になる。その点では、死の用意ができている人間とあまり変わらない。

79

若者は、激しい欲望を抱いている限り、生きる術を手に入れることができない。いうならば、社会において成功することは叶わず、社交に楽しみを見出すこともできない。反対に欲望が冷めれば、冷めた分だけ他人と自分自身とをうまく扱えるようになる。自然は、いつもながらに優しく、人間を次のように設計しているのである。すなわち、人は生きる意味を失うにつれて、生きる術が身に着いてくるようなっている。また、自分の目標は、それに達することが何にも代えがたい喜びとみなされているうちは達することはできず、達成しても普通以上の楽しみを得ることはできないというような状態になって初めて、そこに至る道を知りうるようになっている。さらに快楽は、強い快楽を感じられなくなって初めて、得ることができるようにできているのだ。私が言わんとする状態に大変若くして達する者は多数存在し、欲望が少ないために成功するという例も稀ではない。経験と才能が競い合ったのち、彼らの魂のうちに大人の時代が訪れるからである。他の者はみな、一生を通じてそうした状態に決して達することがない。それは、感情の力が最初から非常に強く、年月が経過しても衰えないような少数の人間に当てはまる。自然が人生を楽しむように設計していたとすれば、彼らは他の誰よりも人生を楽しんだはずである。だが現実には、彼らは甚だ不幸な存在である。社会との交わり方を学ぶことはできず、その点で彼らは死ぬまで赤子の状態でいつづけるのだ。

80

私は、若い頃に知り合ったある人に数年後に再会したとき、いつも最初の一目で、何らかの大きな不幸を経験していたのではないかと疑ってしまう。喜悦と信頼の表情は、若者の専有物なのだ。何かを失いつつある、そして日々身体の不便が拡大していくという感覚は、最も軽薄あるいは最も陽気な性格の人間たちにおいても、さらには最も幸せな人々においてさえ、その顔つきや振る舞いを深刻と呼べるような様相に変化させていく。その様子は、若者や子供のそれに比べた際、まったくもって惨めなものである。

81

読書の際に生じることは会話においても生じる。本を読み始めたとき、多くの場合、アイディアや作家の特色が真新しく映り、大いに面白く感じる。その後、読書を進めるにつれて、作品の大部分が他人の模倣であることが分かり退屈になってくる。会話でも同様である。初見の人間はしばしばその言動によって好まれる。しかし同じ人間が慣れるにつれて飽きられ評価を落とす。なぜなら、人間は必然的に、程度の差こそあれみな模倣者であらざるをえないからである。他人を模倣しない者も自分自身の模倣者となるのだ。しかし旅人は、とりわけ才能が豊かで話術に優れている場合、自らに関して実力よりはるかに高い評価を旅先で残すことができる。彼らは、人間の魂によくみられる欠点、すなわち魂の貧しさを覆い隠す機会を得るからである。一度、あるいは数少ない機会にあって、彼らが主に自らに適した話題を選ぶ際、それは特に意図的に仕組んだわけでなくとも他人の親切や関心に導かれるものだ。それゆえ相手は、彼らが発した言葉が彼らの豊かさの一部であって、その全体ではないと信じる。一日に使う金銭が、財産のすべてでもその大部分でもないと思い込むのと同様である。そして、一度信じられたことはもう揺らぐことがない。それを破壊する機会がもうないからである。他方では、旅人の方が相手の判断を誤る可能性に晒されているともいえるが、その原因も同じである。彼らは、旅の途中に出会った人間が何らかの能力を有している場合、それを過大評価してしまうことになりがちなのだ。

82

自分自身を大いに体験しない限り、人は大人にならない。自分自身の体験は、自分自身を明らかにし、自らについての考えを規定しつつ、人生における運命の働きと自らの位置づけとを何らかの仕方で決定するのである。この世に生まれたあらゆる人間は、自分自身を大いに体験するまで子供と大して変わらない。古代の生活においてはこうした体験の機会が無数に用意されていたが、現代では私生活においてあまりに偶然が不足しており、それは皆に当てはまることである。それゆえ、大部分の人間が機会の欠如によって私の言わんとする「体験」を経ずに、生まれて間もない赤子のような状態でこの世を去る。それ以外の人間は自分自身の把握と所有に至るものだが、それは欲求や不運によって、あるいはなんらかの大きな強い情熱によって生じる。いやなにより、愛によってであろうか。愛が大いなる情熱であるときと言ってよいかもしれない。こうした恋愛は、ただ愛することと異なり、誰にでも訪れるものではないだろう。だが仮に、幾人かに見られるように人生の初期にこうしたことが生じる、あるいは――こちらの方がより頻繁なケースであるように思われるが——年齢を重ね大して重要ではない愛を経験した後にそれが生じたとしよう。その大きく情熱的な愛を終えたとき、きっと自分に似た者たちのことをある程度は理解しているはずである。おそらくそれまで感じたことのないような深い欲望をもって、彼らの間を歩きまわる必要があったのだから。人はこうした経験を通じてさまざまな情熱の性質を理解する。というのも、情熱の一つが燃え盛れば残りすべての情熱にも火が着くからだ。自らの性格と気質とを知り、自らの能力と力の程を知る。自らを査定し、自らにどれほど期待すべきでどれほど絶望すべきかを知り、未来について予知できる範囲で世界のどこが彼を待ち受けているかということさえもはや理解しているのである。最終的には、彼の眼に人生が異なる様相を呈するようになっているはずだ。聞いただけのことが見たことに、想像しただけのことが現実となる。彼はその中で、以前より、幸福というよりいわば強靭に、すなわち自らと他人とをより適切に使いこなせるようになっていると言えるだろう。

83

栄光を追い求める少数の真に優れた人間――こうした人々が集まり互いのことを知ったとしよう。その場で、数多の甚だしい苦痛と引き換えにそこで形成された集団の評判を得ようとした者は、おそらく当初の目的に対する熱意を大いに失ってしまうだろうし、ひょっとするとそれを放棄してしまうかもしれない。しかしながら、我々の魂は、人間の数が想像の中で帯びる力から逃れることはできない。そして我々は、群衆と言わずとも、十人の集団を高く評価するあるいは尊重する、といった場面を無数に目にしているではないか。それを構成する一人一人についてはまったく価値を見出さないのであるが。

84

あらゆる偽りの美徳を称賛しそれをもつよう命じながら、あらゆる真の美徳を中傷しては迫害する者——こうした人間の存在を初めて人々に明確な形で提示したのは、イエス・キリストである。イエスが指差したのは、人間に内在する——まさに人間固有の——あらゆる偉大さに敵対する性質だ。そして、偽物だと信じない限りにおいてあらゆる崇高な感情を嘲笑い、心からくるものだと信ずる限りにおいてあらゆる甘美な情愛を嘲笑する者。強者の前では奴隷となり、弱者に対しては独裁者となり、不幸な人間については憎悪を抱く者。神はそうした輩をmondo〔人間たち／世間〕と呼び、この名称はあらゆる文語において現在まで存続している。こうした包括的な概念は真実を内包するものであり、これまでもよく使われてきたし今後もいつまでも頻繁に使用されることになるはずものである。そしてこの概念は、イエス以前に他の誰かによって生み出されていたとはどうも思えないし、また私の記憶している限りでは、この概念が一人の人物の発言のうち正確な形をもって現れたことは、いかなる異教の哲学者の場合にもないようである。その理由はひょっとすると、それ以前は卑怯な行為や詐欺があまり円熟しておらず、その大半が腐敗と混同されるような時期にまだ文明が達していなかったから、というものであるかもしれない。

とどのつまり、私が以上に説明したのは、そしてイエス・キリストが批判しようとしたのは、我々が文明人と呼ぶ人々のことなのである。それはつまり、理性や才智によって明るみに出されるわけではないが、著書や教育者によってその存在が告げられ、自然にはいつも素晴らしい存在とみなされ、人生の経験のみによって認識させられ、真であると信じられる――そのような人間のことである[007]。読者諸氏には気づいていただきたい。私が示した発想は一般的なものであるにせよ、そのあらゆる側面において無数の個人に適用することができるものだと。

85

古代の異教作家は、我々が社会や世間と呼んでいるもの、すなわち人間の全体を、美徳の敵であるとも、あらゆる健全な性格と順調な心を腐敗させるものとも、決してみなさなかったし、はっきりとそう述べることもなかった。善に対立するものとしての世間は、福音書に登場し、信仰を持たない者を含む現代作家においてはよく知られた概念である。だが、古代人にはあまり知られていなかったものであった。極めて明らかで単純な次の事実を考慮する者にとって、ここに述べたことは驚くに値しないものであろう。その事実は、道徳的観点から現代の状態と古代の状態を比較しようとする者にも鏡となって役立つであろう。それはすなわち、現代の教育者が大衆を恐れるのに対して古代の教育者は大衆を求めていたという事実である。現代人は、若者を家に閉じ込め、隔離、隠遁などをさせて、卑俗な習慣に感染しないよう予防する。これに対して古代人は、力づくでも若者を孤独から解放し、彼の教育と人生を世間の目に晒し、同時に世間を若者の目に晒せたのだ。世間は若者を堕落させるものではなく鍛錬するために役立つ例になる——このように古代人は考えたのである。

86

自らの知識の限界を他人に知られないための最も確かな方法は、その限界をはみ出さないことである。

87

たくさん旅行する者は、そうでない者の場合に比べ、思い出の対象がすぐに昔のものになってしまうという利点がある。すなわち、他の者であれば時間の経過によってしか得られないあの漠とした詩的な感覚が、短期間で獲得されるのである。まったく旅行しない者は、自分の記憶に関連する場所がそこにあり続けるため、思い出のすべてがどこかに現存しているという点で不都合である。

88

自分自身のことで頭を一杯にした虚栄心の強い人間は、自己中心的だったり強情だったりしそうなものだが、そうでなく、しばしばかえって優しく、善良で、よきパートナーとなり、とても親切だったりする。彼らは皆から称賛されていると信じているため、そうした賛美者を適度に愛する。そして、自分に恵まれた優越性に相応しい行いとして、できるかぎり彼らに援助を施すのだ。自分の名が世間にとどろいていると信じるから喜んで会話する。自分が愛想よいこと、自らの偉大さを卑小な周りの人間に適応できることを心の内側で自画自賛しており、それゆえ人間味のある振舞いをするのだ。さらに私が気づいたのは、自己評価が高ければ高いほど、他人に優しくなるものだということである。自らが重要な人物であると確信すること、それを公言したことに対して人々が同意を示すこと——最終的にこういったことが彼らの習慣からあらゆる棘を取り除くのである。なぜなら、自分自身と他人とに満足している者は、とげとげしい習慣をもつことが決してないからである。こういう事情が彼らに落ち着きをもたらすので、ときに彼らは謙虚であるように見えさえもする。

89

人間とあまり関わらない者が人間嫌いであることは稀である。真の人間嫌いは、孤独の中ではなく人混みの中にいる。なぜなら、人間を憎むようになるのは、人生に慣れるからであって、哲学をするからではないのである。哲学をする者は社会から遠ざかり、遠ざかることによって人間嫌いの感覚を失うはずだ。

90

私は、ある子供が何かについて母親から反対される度に、次のように言っているのを見たことがある。うん、分かった、分かった、ママは意地悪なんだね、と。人間の大半が隣人について語るときも、それは同様の発想に基づいている。たとえこれほどまでに単純化した言い回しでないにせよ。

91

あなたが他の誰かに紹介してもらう際、うまく自分を推薦してもらおうとするのであれば、あなたの本当の価値に関わるものは脇において、より外面的で運に左右されるような事柄を述べてもらうべきである。あなたが社会で権力を持つのであれば権力があると、金持ちであれば金持ちであると、まさに高貴な生まれであるのなら高貴であると、そのように言ってもらうがよい。気前がよい、徳が高い、礼儀正しい、情愛深い——こういったことは、たとえ真実でありかつ、顕著な特徴であったとしても、付け加え程度にでない限り口には出さない方がよい。仮にあなたが文人であり、どこかの界隈で文人として名を馳せているとする。その場合、博識であるとも、深遠であるとも、偉大な才能に恵まれているとも、突出した能力があるとも言わせてはならない。そうではなく、有名であると言わせるべきである。というのも、既に他の個所で述べたように、幸運は世間でもてはやされるものだが、価値はそうならないのだ。

92

ジャン＝ジャック・ルソー（一七一二－七八　ジュネーヴ出身の哲学者）の言葉によれば、本当の優しさは親切であるように自らを装う習慣から生まれる。こうした優しさは、確かに他人から憎まれることを防ぐかもしれない。だが、他人の親切がその人の親切心を呼び覚ますような数少ない例外の場合を除けば、それによって他人から愛されるようになったりはしないだろう。礼儀作法によって、他人を自らの友とし、あるいは愛されたいとまで考える者は、相手を尊敬するがよい。軽蔑が憎悪以上に人を傷つけ、人に疎まれるものであるように、親切よりも尊敬の方が心地よいものなのだ。一般的に、人間は愛されるより尊重されることに関心をもつものなのだろう。そして間違いなく、愛されることよりも評価されることを欲するものである。尊敬を示してやると――これは本当に抱いた尊敬であっても、そうでなくてもよい（いずれにせよ受け取る者はそれを信用するのだから）――大抵の場合、感謝を得ることができる。本当に自分を愛してくれる者に対してまったく奉仕したりしないであろう多くの者も、尊敬するふりをした者に対しては抱きついて喜びを表すはずだ。こうした感情表現は、傷つけた者と仲直りする際にも力を発揮する。なぜなら、自らを尊敬する者を我々は憎むことができない、というのが自然の摂理だからである。それに対して、愛してくる者――あるいは恩恵を与えてくる者さえ――を憎みかつ避けるという事態は、ありえるというだけでなく我々が極めて頻繁に目にするところである。会話によって相手の心を魅了する技術の要点は、会話が始まる前に比べ、会話が終わった際に相手が自分により満足している状態にするということに存する。とすれば、人間の心を掌握するにあたって、親切心より尊敬の印を示す方が効果的であることは自明である。尊敬が必然のものでないならばその分、それを見せかけることはより効果的になるだろう。私の問題としている優しさを習慣にしている者は、ほとんどどこに行ってももてはやされるに違いない。蠅が蜂蜜の周りにたかるように、人々は、尊敬されていると信じ込む心地よさをめがけて競って群がるのだ。それに加えて、こうした人間は大いに称賛の的にもなる。なぜなら、彼らが会話をしながら相手に与える称賛は、感謝の気持ちから、あるいは我々に敬意を表する者もまた称賛され尊敬された方がよいという打算から、満場一致で彼らを称賛しようという気持ちが生じるのである。このような次第であるから、人々はそれと気づくことなく、そして各人はおそらく自らの意思に反して、こうした人物を全員一斉に称賛することにより、社会の位置づけにおいて、自分たちよりもはるかに上の方に彼らを引き上げてしまう。彼らの方は、自分たちが劣っているということを絶えず口にしてはいるのだが。

93

社会の中で尊敬を受けていると自ら信じ込み、また知人にそう信じられている者の多くは、否、そのほぼ全員が、実際は自分が所属し共に生活している特定の集団、一定の階級の人々、一定の性格を有する人間たちにおいて尊敬を得ているに過ぎない。文人は、世間で名を知られ尊敬されていると信じ込んでいるが、軽薄な人々と行動を共にする羽目になると決まって隅に追いやられるか嘲笑の的になる。しかも、世間の四分の三はこうした軽薄な人種によって構成されているのだ。若い色男は、女性や自分と同種の男たちにもてはやされるが、実業家の世界の中ではないがしろにされ困惑する。宮廷人は、仲間や家臣からは目一杯のお世辞で満たされるが、ご都合主義者たちからは馬鹿にされて逃げられるだろう。結論として真実を述べるならば、人間は、社会の尊敬と呼ばれるものを期待することはできないし、したがってそれを手に入れることも望むべきではない。望むべきは、一定数の人間からの尊敬のみである。そしてその他の人々からは、時に完全に無視されたり、時に大なり小なり軽蔑されたりして、それでよしとしなければならない。というのも、こうした運命から逃れる術は存在していないからである。

94

卑小な野心や粗野な吝嗇が君臨し、人々が互いに強い憎悪を抱き合っている——こうした小さな土地から出たことがない者は、巨大な悪徳と同様、社会の誠実かつ堅固な美徳をも架空の存在にすぎないと思っている。そして、とりわけ友情に関しては、それは叙事詩や物語に属するものであって、実人生とは関係ないものと信じているのだ。だがその者は誤っている。ピュラデス〔ミュケナイ王アガメムノンの娘とされる神話上の人物。兄オレステスとの兄妹愛が有名〕やペイリトオス〔アルゴー船の乗組員の一人として知られるギリシア神話の登場人物。テセウスの盟友〕と言わないまでも、善良で親切な友人は世界に実際に存在しているし、稀な存在でもない。こうした友人から、すなわち現に世間に存在しているような友人から期待し要求してよい親切は、言葉であるか——こうした言葉はしばしば極めて有益なものとなる——、もしくは時に行為であってもよい。しかし、物質を求めてもよい結果をもたらすことはあまりに稀である。賢明かつ慎重な人間は、物質を求めてはならない。友人のために一スクードを費やす人、というより費やしてもいいと思っている人——こんな人間を探すよりは、見知らぬ人のために命を賭する人間を探す方が容易いだろう。

95

人々がこのような状態にあることにも理由がないわけではない。なぜなら、自分が必要としている以上のものを実際に所有している人間は非常に稀有な存在だからである。というのは、必要はほとんど全面的に習慣に依拠しているからである。そして、所有物の量に対して、消費の量はおおよそ比例しているかしばしばより大きい。また、浪費せずにお金を貯める数少ない人々も、ある種の必要というものをもっている。すなわち、自分の将来設計のためか、来たるべき欠乏の不安に苛まれてか、いずれにせよ貯金するのである。個々の必要は想像上のものに過ぎないと反論してみても意味がない。人生において、全体としてあるいは大部分が想像上のものだと言えないような出来事は、あまりに希少なものだからである。

96

誠実な人間は、年齢を重ねるにつれて称賛や栄誉に対して無感動になってしまいがちである。だが、誹謗や軽蔑に対しては決してそうならないと思われる。いやむしろ、多くの優れた人間から受ける称賛や尊敬は、何の価値もないそこらの人間による無関心な一つの言動によって受ける苦痛を埋め合わせることができないものだと言った方がよいだろう。だがひょっとすると、悪党どもには反対のことが生じているかもしれない。彼らは誹謗には慣れ、真の称賛には慣れていない。それゆえ、誹謗に対しては無感動だが、偶然にも称賛を受ける機会に恵まれた際は無感動ではいられないはずである。

97

次のことは矛盾を孕むように見えるが、人生の経験を経たのちには全く真実であることが分かる。すなわち、フランス人が独特と呼ぶ人間は実は希少な存在ではない。それに留まらない。まったく独特でないといえる人間を社会のうちに見つけることほど困難なことはない。こう言いたくなるほど、それはありふれた存在なのである。人々の間の些細な相違を問題にしているのではない。ある人物が固有のものとしてもつ性格や慣習が、他人には不自然、奇妙、かつ非合理的であるように見える——そういう場合のことを述べているのである。非常に文明的な人間とであれ、長く付き合えば、彼と彼の慣習のうちに不自然さ、奇妙さ、非合理性を発見して驚かされるという経験がない方が稀なことだろう。

フランス人ではなく他の国の人間に対した際、あなたはこうした発見により早く達するであろう。またおそらく、若者より成熟した老人を相手にした場合にも同様である。フランス人や若者は、多くの場合、他人と同一化することに野心を燃やし、さらには正しく教育された者の場合、自分自身により力を注ぐ傾向がある。しかし、遅かれ早かれ、結局はあなたが交際する人間の大半のうちにそのことを認めるようになるだろう。それほどに自然は多様なのだ。文明が人間を均一化する傾向にあったとしても、文明が自然に打ち勝つことは事程左様に不可能なことなのである。

98

次に、前掲の考察[008]に類似することを指摘したい。世間と多少でも関係をもったことのある者は誰でも、少し記憶を辿ってみれば、次のことを思い出すはずである。すなわち、劇場で見たり、喜劇の脚本や小説で読んだりした場面――芸術の性質からしてそれが自然状態からかけ離れたフィクションであると信じられているのだが――といかなる相違点も見いだせないような、現実的とでも形容すべき場面に遭遇することがある。ひょっとするとその当事者になることも、しばしば、否、極めて頻繁に生じているものだと。この考察が示すのは、悪行、愚行、あらゆる種類の悪徳、そして人間のくだらない性質や行動は、我々が思っている以上にありふれているということにほかならない。この事実は、我々が通常の範囲とみなし、それを超えると過剰だと想定するような限度を越えているがため、おそらく信じることができないものだが。

99

人間は、実際の自分と違うものになろうとしたり見せかけたりしない限り滑稽ではない。貧乏人も、無知な人間も、田舎者も、病人も、老人も、ありのままの姿に見えることに満足し彼らの性質が要求する限界のうちにとどまる限り、決して滑稽にはならない。しかし、老人が若者のように、病人が健常者のように、貧乏人が金持ちのように見せかけ、無知な人間が博識であるかのように、田舎者が都会人のように振る舞うとき、おしなべて非常に滑稽になるのだ。身体の欠陥もまた、それが深刻なものであったとしても、それを隠そうと努めたり、つまり欠陥がないかのように――本当の自分と異なるように――見せかけたりしなければ、一時的な笑いを引き起こすだけで済む。注意深く観察する者は次のことに気付くだろう。すなわち、我々の欠陥や短所は、それら自体が滑稽なのではなく、それを隠そうとする努力やそれがないが如く振る舞おうとする意志こそが滑稽なのだと。

他人に好かれたいがために自分と違う性格を装う者は大いに間違っている。ありのままの姿を隠さずに常日頃から見せていたとすればそういうことはないのだが、少し時間が経過すれば明らかになることが避けられないような無理をしたり、その後、絶え間なく浮かび上がってきてしまうような本当の性格に反した偽りの性格を装ってしまったりすると、その人間は、極めて憎たらしく不快な人になってしまうのである。いかなる不幸な性格にも、どこかに醜くない部分が存在している。そしてそれは真なるものであるため、適切な機会に現れさえすれば、あらゆる美しい偽りの性質よりも遥かに好まれるものになるであろう。

一般的に言って、実際と違うものになろうとすることは、この世界のあらゆる物事に傷をつけてしまう。本来の姿でありさえすれば非常に愛すべき多くの人間が耐えがたい存在になってしまうのは、まさにこうした理由によるのである。そしてそれは、個人の場合に限らない。団体、否、ある地域の住民全体に及ぶことすらある。現に私は、次のような地方都市をいくつか知っている。すなわち、胸糞（むなくそ）悪くなるような大都市の模倣をしなければ、つまり可能な限り地方都市よりも大都市でありたいと望むようなことをしなければ、暮らすのにとても心地よいだろう文化的で繁栄した都市である。

100

人間がもちうる欠陥や短所の話に戻ろう。裁判官はいかに確信があろうとも、犯罪者が自ら罪を白状しないかぎり有罪とすることを法によって禁じられている。世間は、多くの場合こうした裁判官とは違うものだということを私は否定しない。だが、自らの欠点を隠すことに明白な努力を見せるのは馬鹿げたことであるとしても、反対にそれを自発的に打ち明ける者がいたら私はそれを称賛したりはしないし、欠点のせいで自分が他人より劣っていることを他人に知らせてしまうようなことはますます感心しない。それは、自分が胸を張っている限り世間が下すことは決してないような最終判決によって、自分自身を断罪しているようなものである。こうした、万人に対する各人の闘争、あるいは各人に対する万人の闘争――この中にこそ、社会生活という名にふさわしいものが存しているのである。各々は仲間を倒して踏みつけようとするものだから、自らひれ伏す者は大いに誤っているし、自ら腰を屈めたり、自ら頭を下げたりすることはなおのこと間違いである。見せかけでそうした行為に走る策略の場合を別とすれば、こうした人物は、世間においてはいかなる親切や憐憫を得ることもなく、すぐさま隣人によって攻撃されるか踏みにじられるだろうことはまったく疑いの余地のない事実なのである。これは、若者がほとんど常に犯している過ちであり、とりわけ性格が優しければ優しいほどその傾向が強い。彼らは、時に必要もなく場違いにも自らの短所や不運を打ち明けてしまう。一方では、彼らの年齢に特有の率直さが偽りを嫌い、自分自身の利益に反することになっても真実を公言することに喜びを感じるからであり、他方では当人らが寛容であるからこの方法で世間から彼らの不幸に対する許しと寛容とを得られると信じているからである。しかし、この人生の黄金期は、人間に関わる事柄の真実を見失わせるものである。それゆえ、愛される存在になり他人の気を引けるものと信じ込んで、自らの不運を見せびらかしたりさえするのだ。だが、本当のところを言えば、彼らがそういう思考をするのには尤もな理由がある。高貴な魂の持ち主は、非常に長い期間、継続して自分自身の体験をすることで初めて次のことに納得するのだ。すなわち、世間が何よりも許容できないのは不運そのものであるということ。不幸ではなく、幸運こそが運を呼ぶものだということ。事実に反するとしても、できる限り不幸ではなく幸運を他人に見せつけなければならないということ。自らの苦しみの告白は、それが自分より相手が上に立っていることを証明しているようなものであるから、敵対者のみでなく自分を称賛してくれる人々に対しても、同情ではなく快楽を生み、悲しみではなく喜びを与えるものだということ。そして、地球上のすべての人間が頼ることが出来るのは自らの力のみであるから、他人には何一つ譲ってはならないし、自ら一歩下がることもしてはならないし、無条件降伏などもってのほかだということ。最後の最後まで自衛・抵抗しては、隣人の寛容や人類愛から手に入れることが出来ないようなものを獲得するために、可能であれば運命に逆らってでもしつこく戦わなければならないということを。私個人の考えとしては、誰も苦しんではならないし、おまえは不幸だとか不運だとか面と向かって言われるべきではない。不幸や不運といった単語は、それが悪行を犯した罰であるかのように、ほぼすべての言語において悪党の類義語とみなされる。それはひょっとすると古い迷信のせいかもしれない。いずれにせよこれらの単語は、如何なる意図で発された場合でも、発話者はそれによって自らを上げて仲間たちを下げるように感じ、また聞き手も同じことを考えるものである。だから、あらゆる言語において侮辱的に響く言葉であるし、これからも永久にそうであり続けるに違いない。

101

人は、自らの苦しみを告白してしまったとき、それがいかに自明なものであろうと多くの場合は自分の名声を傷つけ、またそれゆえ自分の愛する人たちの愛情も損なってしまう。事程左様に、各人は自らの腕力によって自らを支える必要がある。そして、どのような状況下にあっても、またいかなる不幸に遭遇したとしても、堅固で確信に満ちた尊敬のまなざしを自分自身に向けることによって、あたかも権威を使ってそれを強要するかのごとく、自分を尊敬することの一例を他人に示す必要がある。なぜなら、ある人間に対する尊敬は、本人から始まらない限り他の場所から始まることは困難だからである。そしてその人物のうちに極めて堅固な基盤がない限り、倒れず立っていることが困難だからである。人間社会は流体に似ている。それを構成するそれぞれの分子もしくは粒子が、自らの上下その他すべての面に隣接するものを押しよけ、そうすることによって遠くのものまで圧する。そして粒子は同様に圧迫し返されるものであり、仮にどこかで抵抗や反発の力が弱まった場合、流体を構成するすべての分子が勢いよく競いつつ集まってきて、その場所が新たな粒子によって占拠される――こういう現象が絶え間なく生じるのである。

102

子供の頃の年月は、各人の記憶の中で、人生の物語的時代の様相を呈する。同様に、国家の記憶においても物語的なのは幼年期の時代である。

103

我々は、他人に称賛される度に、かつて自ら非難した素質や能力を評価すべき対象に変えてしまう――称賛という行為はこのような能力を有している。

104

礼儀正しい人間（実のところ、こういう人間はあまり存在していない）が受ける教育というものは、とりわけイタリアにおいては、弱者に命じられた強者に対する形式的な裏切りであり、また老人に命じられた若者に対するそれにほかならない。老人は若者たちのところに来て、こう言うだろう。

君たちの年頃に特有の快楽を避けなさい、それらはすべて危険でかつ良俗に反するものだ、我々は、できるかぎり快楽を得て、今でもできることなら同じだけ楽しみたいのだが、もう年齢のせいでそれがかなわなくなってしまった、今日のために生きてはならない、そうでなく、時間が経過した後のために生きるよう、できるかぎり命令に従い、苦しみ、そして苦労しなさい。賢明かつ誠実であるためには、くたびれる仕事に取り組む際に若くない人より能力を発揮するという場合を除いて、若者はできるだけ若さを使わないことを求められる。あなたたちの運命とあらゆる重要な事柄については、我々に任せなさい。我々の役に立つように、すべてを方向付けようではないか。我々が若かった頃にはこれと正反対のことをしてしまったし、今仮に精気を取り戻したとしたら同じことを繰り返すであろうが、君たちは、我々が過去にしたことや我々の意図していることを気にせず、今我々が命じていることを聞きなさい。そうすることで、あなたたちは幸せになるのです。人間のことを深く知っている我々を信じなさい、と。

さて、こうした状況下で未熟者に幸せを約束することは、虚言・詐欺以外の何でありえようか。

家庭および公共の空間において、全体の平穏が有する利益は、若者の快楽と冒険心とに反する。したがって、優れた教育、あるいはそのように呼ばれるものは、その大部分が、教え子たちを欺いて彼らが自身の利便を他人に譲るようになることを目的としている。このような制度がなければ、老人はおのずと若さというものを可能な限り破壊し、人間社会から消し去ってしまう傾向にある。青春の舞台こそ、老人が忌み嫌うものなのだ。あらゆる時代において老人は若者に対して陰謀を企てきた。なぜなら、自らが欲するものを相手のうちに見たときにそれを糾弾し迫害するという卑劣さこそ、あらゆる時代において人間に特有の性質であったからである。しかしながら注目に値するのは、隣人の幸福を追求する教育者がこの世にいるとすれば、その中にさえ若さという人生最高の幸せを教え子たちから奪おうとする者が数多くいるということである。そしてそれ以上に注目すべきは、父も母もその他いかなる教育者も、自らの子供にこれほど悪意に満ちた原理に則った教育を施しても、一度も良心の呵責を覚えなかったということである。もし、別の理由によって、若さの撲滅に努めることが価値のある行いだと信じられなくなってから既に長い期間が経過しているのだとすれば、このことはさらなる驚きを与えるものだろう。

こうした有害な文化――いわば栽培者が植木を傷つけることによって利益を得ようと目論むような文化――は、以下のような結果をもたらす。すなわち、花開く年頃を老人の様に過ごした後、老人になってから若者のように生活したいと望んで空しく不幸に老年を過ごすことになる。あるいは――こちらがより頻繁に見られるケースだが――、自然本性が勝利し、若者がしつけを無視して若者らしく生きるため教育者に抵抗するようになる。教育者は、仮に若者らしい能力を使い楽しむことを若者たちに推奨したとすれば、若者の信頼を決して失わずに済むだろうから、かえって若者を抑制することができるはずなのだが。

105

狡猾さは才智に属する性質でありながら、極めて頻繁に、才智そのものの不足を補い他人のもつより優れた才智を打ち負かすために利用される。

106

世間は本来感心すべきことを笑う。そして、イソップ童話の狐のように羨望するものを非難する。激しい苦痛を大いに慰めるような激しい愛情は、誰からも羨まれ、それゆえ大きな熱量で非難される。鷹揚(おうよう)な習慣や英雄じみた振舞いは、本来感嘆の対象となるものである。だが人間は、他人に感心する際――とりわけ自分と同じような人間に感心する際――屈辱感を覚えるものである。だから感心する代わりに笑うのだ。さらに言おう。普段の生活においては、卑しい振舞いより高貴な振舞いを入念に隠し立てなければならない。なぜなら、卑しさはすべての人間に属する性質であってそれゆえ少なくとも許容されはするが、高貴は一般に反するため、傲慢であるか称賛を求めているかのように映るからである。そして大衆は、他人――とりわけ知人――を心から称賛することを好まないものだ。

107

仲間内で多くのくだらない発言をするのは、お喋りの欲求のためである。だが、自らに多少自信のある若者が初めて社会に出るとき、これとは違う仕方ですぐに過ちを犯してしまう。すなわち、話を始める前に、何か特別に美しいあるいは重要なことを言う必要が生じる瞬間を待とうとするのである。こうした瞬間を待っている限り、とうとうまったく何も話さないという結果に終わる。社会において最も気の利いた会話は、大半が軽薄で言い古された言葉や話題でできている。それらは、いずれにせよ時間を潰す目的で使用されるものだ。そして各自は、大抵は平凡な発言に専念した上で、特別なことは時々しか言わない――このように努める必要がある。

108

人間が未熟な限りにおいて大いに努めるのは、成熟した人間であるように見せかけることである。人間が成熟した際に努めるのは、未熟であるように見せることである。小説『ウェークフィールドの牧師』の作者オリヴァー・ゴールドスミス〔一七二八–七四 アイルランドの作家〕は、四十歳に達して博士の称号を自らの名刺から削除した。自らの重要性を証明する行為は、若き日に大切にしたものだが、歳を取って憎むべきものになったのである。

109

人間はほぼつねに必要な分だけ悪意を抱いている。清く正しく振る舞う者がいれば、その人物は悪意を必要としてないものとみなしてよい。私は、とても優しく純粋な振舞いをする人々が、他の方法では避けられないような重い損害を避けるために、最も残酷な行いに手を染めるのを見たことがある。

110

私は次のようなことを目にして興味深く感じた。すなわち、優れた価値を有する人間は、大体みな素朴な振舞いをする。そして、素朴な振舞いは大体いつも低い価値を示すものとみなされる。

111

会話においてつねに沈黙を守っている者が、会話のための勇気も能力も求められるだけもっているということが発覚した際、その沈黙の習慣は気に入られ、称賛される。

註

001——ボドーニのようにセリフ（飾り）の部分が細いフォントのことか。

002——Antonio Ranieri　一八〇六‐八八、ナポリの作家。晩年のレオパルディの親友で、遺稿を含むレオパルディ『作品集』を編集した。

003——一八三五年から一八三七年にかけて、イタリアでコレラが流行した。病状の類似からレオパルディがペストと取り違えたか。

004——イタリア語の「聞くudire」は音を耳で捉えること、「聴くascoltare」は注意して聞くことを指す。

005——バルダッサッレ・カスティリオーネ『カスティリオーネ宮廷人』清水純一、岩倉具忠、天野恵訳、東海大学出版会、一九七八年、一八五‐一八九頁。

006——ルソーか？　モンテスキューとする説もある。

007——さまざまな研究者が、この一文の意味は不明瞭と指摘する。ラニエーリは、「著書や教育者」が文明人の存在を指摘する、という論がレオパルディの一般的な思想と矛盾するとみなし、初版においてこれを否定文に修正している（「著書や教育者によってその存在が告げられるわけでもなく」）。だが、現代の校訂者の多くは、「告げる」という単語のもつ不確定性に着目しつつ、自筆原稿の文言そのままを採用している。

008——レオパルディ自身が明らかにしておらず断定できないが、「断想97」のことか。

附録　夏目漱石『虞美人草』（抜粋）

十五

部屋は南を向く。仏蘭西（フランス）式の窓は床を去る事五寸にして、すぐ硝子（ガラス）となる。明け放てば日が這入（はい）る。温かい風が這入る。日は椅子の足で留まる。風は留まる事を知らぬ故（ゆえ）、容赦なく天井まで吹く。窓掛の裏まで渡る。からりとして朗らかな書斎になる。

仏蘭西窓を右に避けて一脚の机を据える。蒲鉾形（かまぼこなり）に引戸を卸せば、上から錠がかかる。明ければ、緑の羅紗（らしゃ）を張り詰めた真中を、斜めに低く手元へ削って、脊（せ）を平らかに、書を開くべき便宜（たより）とする。下は左右を銀金具の抽出（ひきだし）に畳み卸してその四つ目が床に着く。床は樟（くす）の木の寄木（よせき）に仮漆（ヴァーニッシ）を掛けて、礼に叶わぬ靴（くつ）の裏を、ともすれば危からしめんと、てらてらする。

その外に洋卓（テエブル）がある。チッペンデールとヌーヴォーを取り合せたような組み方に、思い切った今様を華奢な昔に忍ばして、室の真中を占領している。周囲に並ぶ四脚の椅子は無論同式の構造である。繻子の模様も対とは思うが、日除の白蔽に、卸す腰も、凭れる脊も、只心安しと気を楽に落ち付けるばかりで、目の保養にはならぬ。

書棚は壁に片寄せて、間の高さを九尺列ねて戸口まで続く。組めば重ね、離せば一段の棚を喜んで、亡き父が西洋から取り寄せたものである。一杯に並べた書物が紺に、黄に、色々に、床かしき光を闘わすなかに花文字の、角文字の金は、縦にも横にも奇麗である。

小野さんは欽吾の書斎を見るたびに羨しいと思わぬ事はない。欽吾も無論嫌ってはおらぬ。もとは父の居間であった。仕切りの戸を一つ明けると直応接間へ抜ける。残る一つを出ると内廊下から日本座敷へ続く。洋風の二間は、父が手狭な住居を、二十世紀に取り拡げた便利の結果である。趣味に叶うと云わんよりは、寧ろ実用に逼られて、時好の程度に己れを委却した建築である。さほどに嬉しい部屋ではない。けれども小野さんは非常に羨ましがっている。

こう云う書斎に這入って、好きな書物を、好きな時に読んで、厭きた時分に、好きな人と好きな話をしたら極楽だろうと思う。博士論文はすぐ書いて見せる。博士論文を書いたあとは後代を驚ろかすような大著述をして見せる。定めて愉快だろう。然し今のような下宿住居で、隣り近所の乱調子に頭を攪き廻されるようでは到底駄目である。今の様に過去に追窮されて、義理や人情の紛紜に、日夜共心を使っていては到底駄目である。自慢ではないが自分は立派な頭脳を持っている。立派な頭脳を持っているものは、この頭脳を使って世間に貢献するのが天職である。天職を尽す為には、尽し得るだけの条件が入る。こう云う書斎はその条件の一つである。——小野さんはこう云う書斎に這入りたくて堪(たま)らない。

高等学校こそ違え、大学では甲野(こうの)さんも小野さんも同年であった。哲学と純文学は科が異なるから、小野さんは甲野さんの学力を知り様がない。只「哲世界と実世界」と云う論文を出して卒業したと聞くばかりである。「哲世界と実世界」の価値は、読まぬ身に分る筈(はず)がないが、兎(と)に角(かく)甲野さんは時計を頂戴しておらん。自分は頂戴しておる。恩賜の時計は時を計るのみならず、脳の善悪(よしあし)をも計る。未来の進歩と、学界の成功をも計る。特典に洩(も)れた甲野さんは大した人間ではないに極っている。その上卒業してからこれと云う研究もしない様だ。深い考を内に蓄えているかも知れぬが、蓄えているならもう出す筈である。出さぬは蓄(たくわえ)がない証拠と見て差支(さしつかえ)ない。どうしても自分は甲野さんより有益な材である。その有益な材を抱いて奔走に、六十円に、月々を衣食するに、甲野さんは、手を拱(こまぬ)いて、徒然(とぜん)の日を退屈そうに暮らしている。この書斎を甲野さんが占領するのは勿体(もったい)ない。自分が甲野の身分でこの部屋の主人(あるじ)となる事が出来るなら、この二年の間に相応の仕事はしているものを、親譲りの貧乏に、驥(き)も櫪(れき)に伏す天の不公平を、已(やむ)を得ず、今日まで忍んで来た。一陽は幸なき人の上にも来り復(かえ)ると聞く。願くは願くはと小野さんは日頃に念じていた。——知らぬ甲野さんはぽつ然(ねん)として机に向っている。

正面の窓を明たらば、石一級の歩に過ぎずして、広い芝生を一目に見渡すのみか、朗な気が地つづきを、すぐ部屋のなかに這入るものを、甲野さんは締め切ったまま、ひそりと立て籠っている。右手の小窓は、硝子を下した上に、左右から垂れかかる窓掛に半ば蔽われている。通う光線は幽かに床の上に落つる。窓掛は海老茶の毛織に浮出しの花模様を埃のままに、二十日程は動いた事がない様である。色も大分褪めた。部屋と調和のない装飾も、過渡時代の日本には当然として立派に通用する。窓掛の隙間から硝子へ顔を圧し付けて、外を覗くと扇骨木の植込を通して池が見える。棒縞の間から横へ抜けた波模様の様に、途切れ途切れに見える。池の筋向が藤尾の座敷になる。甲野さんは植込も見ず、池も見ず、芝生も見ず、机に凭って凝としている。焚き残された去年の石炭が、煖炉のなかに只一個冷やかに春を観ずる体である。

やがて、かたりと書物を置き易える音がする。甲野さんは手垢の着いた、例の日記帳を取り出して、誌け始める。

「多くの人は吾に対して悪を施さんと欲す。同時に吾の、彼等を目して兇徒となすを許さず。又その兇暴に抗するを許さず。曰く。命に服せざれば汝を嫉まんと」

細字に書き終った甲野さんは、その後に片仮名でレオパルジと入れた。日記を右に片寄せる。置き易えた書物を再び故の座に直して、静かに読み始める。細い青貝の軸を着けた洋筆がころころと机を滑って床に落ちた。ぽたりと黒いものが足の下に出来る。甲野さんは両手を机の角に突張って、心持腰を後へ浮かしたが、眼を落して先ず黒いしたたりを眺めた。丸い輪に墨が余って撥と四方に飛んでいる。青貝は寐返りを打って、薄暗いなかに冷たそうな長い光を放つ。甲野さんは椅子をずらす。手捜に取り上げた洋筆軸は父が西洋から買って来て呉れた昔土産である。

甲野さんは、指先に軸を撮んだ手を裏返して、拾った物を、指の谷から滑らして掌のなかに落し込む。掌の向を上下に易えると、長い軸は、ころころと前へ行き後ろへ戻る。動くたびにきらきら光る。小さい記念である。

洋筆軸を転がしながら、書物の続きを読む。頁をはぐるとこんな事が、かいてある。

「剣客の剣を舞わすに、力相若くときは剣術は無術と同じ。彼、これを一籌の末に制する事能わざれば、学ばざるものの相対して敵となるに等しければなり。人を欺くも亦これに類す。欺かるるもの、欺くものと一様の譎詐に富むとき、二人の位地は、誠実を以て相対すると毫も異なる所なきに至る。この故に偽と悪とは優勢を引いて援護となすにあらざるよりは、不足偽、不足悪に出会するにあらざるよりは、最後に、至善を敵とするにあらざるよりは、――効果を収むる事難しとす。第三の場合は固より稀なり。第二も亦多からず。凶漢は敗徳に於て匹敵するを以て常態とすればなり。人相賊して遂に達する能わず、或は千辛万苦して始めて達し得べきものも、ただ互に善を行い徳を施こして容易に到り得べきを思えば、悲しむべし」

甲野さんはまた日記を取り上げた。青貝の洋筆軸を、ぽとりと墨壺の底に落す。落したまま容易に上げないと思うと、遂には手を放した。レオパルジは開いたまま、黄な表紙の日記を頁の上に載せる。両足を踏張(ふんば)って、組み合せた手を、頸根(くびね)にうんと椅子の脊に凭れかかる。仰向く途端に父の半身画と顔を見合わした。

余り大きくはない。半身とは云え胴衣(チョツキ)の釦(ボタン)が二つ見えるだけである。服はフロックと思われるが、背景の暗いうちに吸い取られて、明らかなのは、僅(わず)かに洩るる白襯衣(シャツ)の色と、額の広い顔だけである。

名のある人の筆になると云う。三年前(ぜん)帰朝の節、父はこの一面を携えて、遥かなる海を横浜の埠(ふ)頭(とう)に上った。それより以後は、欽吾が仰ぐたびに壁間に懸っている。仰がぬ時も壁間から欽吾を見下している。筆を執るときも、頬杖(ほおづえ)を突くときも、仮寐(うたたね)の頭を机に支うるときも――絶えず見下している。欽吾が居ない時ですら、画布(カンヴァス)の人は、常に書斎を見下している。

見下すだけあって活きている。眼玉(めだま)に締りがある。それも丹念に塗りたくって、根気任せに錬り上げた眼玉ではない。一刷毛(ひとはけ)に輪廓(りんかく)を描いて、眉と睫(まつげ)の間に自然の影が出来る。下瞼(したまぶた)の垂味(たるみ)が見える。取る年が集って目尻を引張る波足が浮く。その中に瞳が活きている。動かないでしかも活きている刹那(さつな)の表情を、そのまま画布に落した手腕は、会心の機を早速(さそく)に捕えた非凡の技(ぎ)と云わねばならぬ。甲野さんはこの眼を見るたびに活きてるなと思う。

想界に一瀾(らん)を点ずれば、千瀾追うて至る。瀾々相擁(あいよう)して思索の郷(くに)に、吾を忘るるとき、懊悩(おうのう)の頭(こうべ)

を上げて、この眼にはたりと逢(あ)えば、あっ、在ったなと思う。ある時はおや居たかと驚ろく事さえある。——甲野さんがレオパルジから眼を放して、万事を椅子の脊に託した時は、常よりも烈(はげ)しくおや居たなと驚ろいた。

(新潮文庫版『虞美人草』三〇六―三一三頁)

十七

〔中略〕

「なに大丈夫。まあ掛け給え」と最前の椅子を机に近く引きずって来る。宗近君は小供の如く命令に服した。甲野さんは相手を落ち付けた後(のち)、静かに、用い慣れた安楽椅子に腰を卸す。体は机に向ったままである。

「宗近さん」と壁を向いて呼んだが、やがて首だけぐるりと回して、正面から、

「藤尾は駄目だよ」と云う。落ち付いた調子のうちに、何となく温(ぬる)い暖味(あたたかみ)があった。凡(すべ)ての枝を緑に返す用意の為めに、寂びたる中を人知れず通う春の脈は、甲野さんの同情である。

「そうか」

腕を組んだ宗近君はこれだけ答えた。あとから、

「糸公もそう云った」と沈んで付けた。

「君より、君の妹の方が眼がある。藤尾は駄目だ。飛び上りものだ」

かちゃりと入口の円鈕(ノッブ)を捩(ねじ)ったものがある。戸は開(あ)かない。今度はとんとんと外から敲(たた)く。宗近君は振り向いた。甲野さんは眼さえ動かさない。

「打ち遣(や)って置け」と冷やかに云う。

入口の扉に口を着けた様にホホホホと高く笑ったものがある。足音は日本間の方へ馳けながら遠退いて行く。二人は顔を見合わした。

「藤尾だ」と甲野さんが云う。

「そうか」と宗近君が又答えた。

あとは静かになる。机の上の置時計がきちきちと鳴る。

「金時計も廃せ」

「うん。廃そう」

甲野さんは首を壁に向けたまま、宗近君は腕を拱いたまま、――時計はきちきちと鳴る。日本間の方で大勢が一度に笑った。

「宗近さん」と欽吾は又首を向け直した。「藤尾に嫌われたよ。黙ってる方がいい」

「うん黙っている」

「藤尾には君のような人格は解らない。浅墓な跳ね返りものだ。小野に遣ってしまえ」

「この通り頭が出来た」

宗近君は節太の手を胸から抜いて、刈り立ての頭の天辺をとんと敲いた。

甲野さんは眼尻に笑の波を、あるか、なきかに寄せて重々しく首肯いた。あとから云う。

「頭が出来れば、藤尾なんぞは要らないだろう」

宗近君は軽くうふんと云ったのみである。

「それで漸（ようや）く安心した」と甲野さんは、くつろいだ片足を上げて、残る膝頭の上へ載せる。宗近君は巻烟草を燻（くゆ）らし始めた。吹く烟（けむり）のなかから、

「これからだ」と独語（ひとりごと）のように云う。

「これからだ。僕もこれからだ」と甲野さんも独語の様に答えた。

「君もこれからか。どうこれからなんだ」と宗近君は烟草の烟（けむ）を押し開いて、元気づいた顔を近寄（ちかよせ）た。

「本来の無一物から出直すんだからこれからさ」

指の股に敷島を挟んだまま、持って行く口のある事さえ忘れて、呆気（あっけ）に取られた宗近君は、

「本来の無一物から出直すとは」と自ら自らの頭脳を疑う如く問い返した。甲野さんは尋常の調子で、落ち付き払った答をする。——

「僕はこの家（うち）も、財産も、みんな藤尾にやってしまった」

「やってしまった？　何時（いつ）」

「もう少し先（さっき）。その紋尽しを書いている時だ」

「そりゃ……」

「丁度その丸に三つ鱗を描いてる時だ。——その模様が一番よく出来ている」

「遣ってしまうってそう容易(たやす)く……」

「何要るものか。あればあるほど累(わずらい)だ」

「御叔母(おば)さんは承知したのかい」

「承知しない」

「承知しないものを……それじゃ御叔母さんが困るだろう」

「遣らない方が困るんだ」

「だって御叔母さんは始終君が無暗(むやみ)な事をしやしまいかと思って心配しているんじゃないか」

「僕の母は偽物(にせもの)だよ。君等がみんな欺かれているんだ。母じゃない謎だ。澆季(ぎょうき)の文明の特産物だ」

「そりゃ、あんまり……」

「君は本当の母でないから僕が僻(ひが)んでいると思っているんだろう。それならそれで好いさ」

「然し……」

「君は僕を信用しないか」

「無論信用するさ」

「僕の方が母より高いよ。賢いよ。理由(わけ)が分っているよ。そうして僕の方が母より善人だよ」

宗近君は黙っている。甲野さんは続けた。——

「母の家を出て呉れるなと云うのは、出て呉れと云う意味なんだ。財産を取れと云うのは寄こせと云う意味なんだ。世話をして貰いたいと云うのは、世話になるのが厭だと云う意味なんだ。——だから僕は表向母の意志に忤って、内実は母の希望通にしてやるのさ。——見給え、僕が家を出たあとは、母が僕がわるくって出た様に云うから、世間もそう信じるから——僕はそれだけの犠牲を敢てして、母や妹の為めに計ってやるんだ」

　宗近君は突然椅子を立って、机の角まで来ると片肘を上に突いて、甲野さんの顔を掩いかぶす様に覗き込みながら、

「貴様、気が狂ったか」と云った。

「気違は頭から承知の上だ。——今まででも蔭じゃ、馬鹿の気違のと呼びつづけに呼ばれていたんだ」

　この時宗近君の大きな丸い眼から涙がぽたぽたと机の上のレオパルジに落ちた。

「なぜ黙っていたんだ。向を出してしまえば好いのに……」

「向を出したって、向の性格は堕落するばかりだ」

「向を出さないまでも、此方が出るには当るまい」

「此方が出なければ、此方の性格が堕落するばかりだ」

「何故財産をみんな遣ったのか」

「要らないもの」

「一寸僕に相談して呉れれば好かったのに」

「要らないものを遣るのに相談の必要もなにもないからさ」

宗近君はふうんと云った。

「僕に要らない金の為めに、義理のある母や妹(いもと)を堕落させた所が手柄にもならない」

「じゃ愈(いよいよ)家を出る気だね」

「出る。居(お)れば両方が堕落する」

「出て何処(どこ)へ行く」

「何処だか分らない」

宗近君は机の上にあるレオパルジを無意味に取って、脊皮(せがわ)を竪(たて)に、勾配のついた欅(けやき)の角でとんとんと軽く敲きながら、少し沈吟の体(てい)であったが、やがて、

「僕のうちへ来ないか」と云う。

「君のうちへ行ったって仕方がない」

「厭かい」

「厭じゃないが、仕方がない」

宗近君は昵(じっ)と甲野さんを見た。

「甲野さん。頼むから来て呉れ。僕や阿父(おやじ)の為はとにかく、糸公の為めに来て遣ってくれ」

「糸公の為めに？」

「糸公は君の知己だよ。御叔母さんや藤尾さんが君を誤解しても、僕が君を見損なっても、日本中が悉く君に迫害を加えても、糸公だけは慥かだよ。糸公は学問も才気もないが、よく君の価値を解している。君の胸の中を知り抜いている。糸公は僕の妹だが、えらい女だ。尊い女だ。糸公は金が一文もなくっても堕落する気遣のない女だ。――甲野さん、糸公を貰ってやってくれ。家を出ても好い。山の中へ這入っても好い。何処へ行ってどう流浪しても構わない。何でも好いから糸公を連れて行って遣ってくれ。――僕は責任を以て糸公に受合って来たんだ。君が云う事を聞いて呉れないと妹に合す顔がない。たった一人の妹を殺さなくっちゃならない。糸公は尊い女だ、誠のある女だ。正直だよ、君の為なら何でもするよ。殺すのは勿体ない」

宗近君は骨張った甲野さんの肩を椅子の上で振り動かした。

（前掲書、三九二―三九九頁）

ジャコモ・レオパルディ〔1798–1837〕年譜

▼――世界史の事項　●――文化史・文学史を中心とする事項　太字ゴチの作家『**タイトル**』――〈ルリユール叢書〉の既刊・続刊予定の書籍です

一七九六年　▼ナポレオン、イタリア遠征〔伊〕●M・G・ルイス『マンク』〔英〕●ラプラス『宇宙体系解説』〔仏〕●スタール夫人『情熱の影響について』〔仏〕●ヴァッケンローダー『芸術を愛する一修道僧の心情の披瀝』〔独〕●ジャン・パウル『貧民弁護士ジーベンケース』(〜九七)〔独〕

一七九七年　▼カンポ・フォルミオ条約締結〔墺〕●サド『悪徳の栄え』〔仏〕●ラドクリフ『イタリアの惨劇』〔英〕●ウォルポール歿〔英〕●E・バーク歿〔英〕●ゲーテ『ヘルマンとドロテーア』〔独〕●ヘルダーリン『ヒュペーリオン』(〜九九)〔独〕●ティーク『民話集』〔独〕

一七九八年

六月二十九日、マルケ地方の小村レカナーティにて、ジャコモ・レオパルディが誕生する。

▼ナポレオン、エジプト遠征〔仏〕●フォスコロ『ヤーコポ・オルティスの最後の手紙』(初版)〔伊〕●カザノヴァ歿〔伊〕●サド『ジュリエットあるいは悪徳の栄え』〔仏〕●マルサス『人口論』〔英〕●コールリッジ、ワーズワース合作『抒情民謡集』〔英〕●ラム『ロザマンド・グレイ』〔英〕●W・ゴドウィン『「女権の擁護」の著者の思い出』〔英〕●Fr・シュレーゲル『ゲーテの〈マイスター〉について』〔独〕●シュレーゲル兄弟ほか「アテネーウム」誌創刊(〜一八〇〇)〔独〕●シラー『ヴァレンシュタイン』

第一部初演〔独〕●ティーク『フランツ・シュテルンバルトの遍歴』〔独〕●ノヴァーリス『ザイスの弟子たち』〔独〕●ヘルダーリン『エンペドクレスの死』（〜九九）〔独〕●本居宣長『古事記伝』〔日〕

一七九九年　▼ブリュメール十八日のクーデター。統領政府の成立〔仏〕●パリーニ歿〔伊〕●C・B・ブラウン『アーサー・マーヴィン』『オーモンド』『エドガー・ハントリー』〔米〕●W・ゴドウィン『サン・レオン』〔英〕●ボーマルシェ歿〔仏〕●**Fr・シュレーゲル『ルツィンデ』**〔独〕●シュライアーマッハー『宗教論』〔独〕●リヒテンベルク歿、『箴言集』〔独〕●チョコナイ＝ヴィテーズ『カルニョー未亡人と二人のあわて者』〔ハンガリー〕

一八〇〇年　▼ナポレオン、フランス銀行設立〔仏〕●議会図書館創立〔米〕●スタール夫人『文学論』〔仏〕 ●**シラー『メアリー・ステュアート』**初演〔独〕●ノヴァーリス『夜の讃歌』〔独〕●ジャン・パウル『巨人』（〜〇三）〔独〕

一八〇一年　▼大ブリテン・アイルランド連合王国成立〔英〕●パリーニ『夕べ』『夜』〔伊〕●シャトーブリアン『アタラ』〔仏〕●サド逮捕〔仏〕●ヘルダーリン『パンとぶどう酒』〔独〕●A・W・シュレーゲル『文芸についての講義』（〜〇四）〔独〕

一八〇二年　▼イタリア共和国成立〔伊〕▼ナポレオン、フランス終身第一統領に〔仏〕▼アミアンの和約〔欧〕●フォスコロ『ヤーコポ・オルティスの最後の手紙』（完全版）〔伊〕●シャトーブリアン『キリスト教精髄』〔仏〕●スタール夫人『デルフィーヌ』〔仏〕●ノディエ『追放者たち』〔仏〕●ノヴァーリス『青い花』〔独〕●シェリングス『芸術の哲学』講義（〜〇三）〔独〕●ジュコフスキー訳グレイ『村の墓場』（『墓畔の哀歌』）〔露〕●十返舎一九『東海道中膝栗毛』（〜二二）〔日〕

一八〇三年　▼ナポレオン法典公布、ナポレオン皇帝となる〔仏〕●アルフィエーリ歿〔伊〕●フォスコロ『詩集』〔伊〕●スタール夫人、ナポレオンによりパリから追放、第一回ドイツ旅行（〜〇四）〔仏〕●ラクロ歿〔仏〕●クライスト『シュロッフェンシュタイン家』

一八〇四年　［独］●クロップシュトク歿［独］●ヘルダー歿［独］●ポトツキ『サラゴサ手稿』執筆（〜一五）［ポーランド］

▼十二月二日、ナポレオン、皇帝になる。第一帝政［仏］●セナンクール『オーベルマン』［仏］●スタール夫人、イタリア旅行（〜〇五）［仏］●**シラー**『**ヴィルヘルム・テル**』初演［独］●ジャン・パウル『美学入門』［独］

一八〇五年　▼トラファルガー海戦［欧］▼アウステルリッツ会戦［欧］●シャトーブリアン『ルネ』［仏］●ワーズワース『序曲』［英］●モラティン『娘たちの「はい」』［西］●A・フンボルト『植物地理学試論』［独］

一八〇七年　▼ティルジット和約締結［欧］●スタール夫人『コリンヌ』［仏］●フォスコロ『墳墓』［伊］●**クライスト**『**チリの地震**』［独］●フィヒテ『ドイツ国民に告ぐ』［独］●ヘーゲル『精神現象学』［独］●エーレンシュレーヤー『北欧詩集』［デンマーク］

一八〇八年　▼フェートン号事件［日］●Ch・フーリエ『四運動および一般的運命の理論』［仏］●ゴヤ《マドリード市民の処刑》［西］●**クライスト**『**ミヒャエル・コールハース**』［独］●Fr・シュレーゲル『古代インド人の言語と思想』［独］●A・フンボルト『自然の諸相』［独］●フリードリヒ《山上の十字架》［独］●ゲーテ『ファウスト第一部』［独］●フィヒテ『ドイツ国民に告ぐ』［独］

一八〇九年［十一歳］

ホメロスの影響を受け、最初の詩「ヘクトルの死 *La morte di Ettore*」を執筆する。

▼メキシコ、エクアドルで独立運動始まる［南米］●**シャトーブリアン**『**殉教者たち**』［仏］●ハイドン歿［墺］●ゲーテ『親和力』［独］●上田秋成歿［日］

一八一〇年　▼オランダ、フランスに併合［蘭］●スタール夫人『ドイツ論』［仏］●スコット『湖上の美人』［独］●W・フンボルトの構想に

基づきベルリン大学創設（初代総長フィヒテ）〔独〕

一八一一年　▼ラッダイト運動（～一七頃）〔英〕●P・B・シェリー、『無神論の必要』でオックスフォード大学より追放される〔英〕●フケー『水妖記』〔独〕●ゲーテ『詩と真実』（～三三）〔独〕

一八一二年　▼米英戦争（～一四）〔米・英〕▼ナポレオン、ロシア遠征〔露〕▼シモン・ボリーバル「カルタヘナ宣言」〔ベネズエラ〕●ガス灯の本格的導入〔英〕●バイロン『チャイルド・ハロルドの遍歴』（～一八）〔英〕●ウィース『スイスのロビンソン』〔瑞〕●**フケー『魔法の指輪』**〔独〕●グリム兄弟『グリム童話集』〔独〕

一八一三年　▼セルビア第一次対トルコ蜂起鎮圧され、指導者カラジョルジェ亡命〔セルビア〕▼ライプツィヒの決戦で、ナポレオン敗北〔欧〕▼モレロス、メキシコの独立を宣言〔墨〕●オースティン『高慢と偏見』〔英〕●式亭三馬『浮世風呂』〔日〕

一八一四年　▼ウィーン会議（～一五）〔欧〕●ブーク・カラジッチ『スラブ・セルビア小民謡集』『セルビア語文法』〔セルビア〕●ワーズワス『逍遥編』〔英〕●オースティン『マンスフィールド・パーク』〔英〕●スコット『ウェイヴァリー』〔英〕●ブレンターノ『ポンス・ド・レオン』上演〔独〕●シャミッソー『ペーター・シュレミールの不思議な物語』〔独〕●E・T・A・ホフマン『カロー風の幻想曲集』（～一五）〔独〕●曲亭馬琴『南総里見八犬伝』（～四二）〔日〕

一八一五年　▼ワーテルローの戦い〔欧〕▼穀物法制定〔英〕●バイロン『ヘブライの旋律』〔英〕●スコット『ガイ・マナリング』〔英〕●ワーズワース『ライルストーンの白鹿』〔英〕●ホフマン『悪魔の霊酒』〔独〕●Fr・シュレーゲル『古代及び近代文学史』〔独〕

一八一六年　▼金本位制を採用、ソブリン金貨を本位金貨として制定（一七年より鋳造）〔英〕●グロッシ『女逃亡者』〔伊〕●コールリッジ「クーブラ・カーン」、『クリスタベル姫』〔英〕●P・B・シェリー『アラスター、または孤独の夢』〔英〕●スコット『好古家』『宿家主の物語』［英］●オースティン『エマ』［英］●シェリダン歿［英］●コンスタン『アドルフ』［仏］●E・T・A・ホフマン『夜の画集』［独］●グリム兄弟『ドイツ伝説集』（〜一八）［独］●ゲーテ『イタリア紀行』（〜一七）［独］●インゲマン『ブランカ』［デンマーク］●フェルナンデス゠デ゠リサルデ『疥癬病みのおうむ』（〜三一）［メキシコ］●ウイドブロ『アダム』『水の鏡』［チリ］●山東京伝歿［日］

一八一七年［十九歳］

文人ピエトロ・ジョルダーニとの文通を開始する。

『雑記帳 *Zibaldone*』の執筆を開始する。

▼全ドイツ・ブルシェンシャフト成立［独］●オースティン歿［英］●キーツ『詩集』［英］●バイロン『マンフレッド』［英］●コールリッジ『文学的自叙伝』［英］●プーシキン『自由』［露］

一八一八年［二十歳］

『あるイタリア人によるロマン派の詩に関する論考 *Discorso di un italiano intorno alla poesia romantica*』を執筆する。

▼アーヘン会議［欧］●キーツ『エンディミオン』［英］●スコット『ミドロジアンの心臓』［英］●P・B・シェリー『イスラームの反乱』［英］●M・シェリー『フランケンシュタイン』［英］●ハズリット『英国詩人論』［英］●オースティン『ノーザンガー寺院』、『説得』［英］●コンスタン『立憲政治学講義』（〜二〇）［仏］●シャトーブリアン、「コンセルヴァトゥール」紙創刊（〜二〇）［仏］●ジョフロア・サンティレール『解剖哲学』（〜二〇）［仏］●ノディエ『ジャン・スボガール』［仏］●グリルパルツァー『サッ

ポー』初演〔墺〕●フェルナンデス゠デ゠リサルデ『キホティタとその従姉妹』（〜一九）〔メキシコ〕

一八一九年〔二十一歳〕

処女詩集『カンツォーネ集——イタリアについて、フィレンツェで準備されているダンテの記念碑について *Canzoni, Sull'Italia. Sul Monumento di Dante che si prepara in Firenze*』が刊行される。

▼カールスバート決議〔独〕●W・アーヴィング『スケッチ・ブック』（〜二〇）〔米〕●スコット『アイヴァンホー』〔英〕●P・B・シェリー『チェンチ一族』〔英〕●バイロン『ドン・ジュアン』（〜二四）〔英〕●シェニエ『全集』〔仏〕●ユゴー、「文学保守」誌創刊（〜二一）〔仏〕●ゲーテ『西東詩集』〔独〕●ショーペンハウアー『意志と表象としての世界』〔独〕

（一八一九年から一八二〇年にかけて、「無限 *L'infinito*」や「月に *Alla luna*」など、初期作品の多くを執筆する）

一八二一年

▼ギリシア独立戦争（〜二九）〔希・土〕●スコット『ケニルワース』〔英〕●P・B・シェリー『アドネイス』〔英〕●イーガン『ロンドンの生活』〔英〕●ノディエ『スマラ』〔仏〕●グリルパルツァー『金羊毛皮』〔墺〕●クライスト『フリードリヒ・フォン・ホンブルグ公子』初演、『ヘルマンの戦い』〔独〕●ホフマン『ブランビラ王女』〔独〕●ブーク・カラジッチ『セルビア民話』〔セルビア〕●スタングネーリウス『シャロンのゆり』〔スウェーデン〕

一八二二年［二十四歳］

初めて故郷レカナーティを離れ、ローマに滞在（－二三年まで）。

▼ギリシア、独立宣言〔希〕●マンゾーニ『アデルキ』〔伊〕●ベドーズ『花嫁の悲劇』〔英〕●ド・クインシー『阿片常用者の告白』〔英〕●バイロン『審判の夢』〔英〕●スコット『ナイジェルの運命』『ピークのペヴァリル』〔英〕●スタンダール『恋愛論』〔仏〕●フーリエ『家庭・農業組合概論』〔仏〕●ノディエ『トリルビー』〔仏〕●ミツキエヴィッチ『バラードとロマンス』〔ポーランド〕

一八二三年

▼モンロー主義宣言〔米〕●ロンドン（リージェンツ・パーク）でダゲールのジオラマ館開館（～五一）〔英〕●スコット『クウェンティン・ダーワード』〔英〕●ラム『エリア随筆』（～三三）〔英〕●クーパー『開拓者』〔米〕●ミツキエヴィッチ『父祖たちの祭り』（～三二）〔ポーランド〕

一八二四年［二十六歳］

『オペレッテ・モラーリ *Operette morali*』の大半を執筆する。

十篇の詩を収録した『カンツォーネ集 *Canzoni*』が刊行される。

▼イギリスで団結禁止法廃止、労働組合結成公認〔英〕●ランドー『空想対話篇』〔英〕●M・R・ミットフォード『わが村』〔英〕●ライムント『精霊王のダイヤモンド』上演〔墺〕●W・ミュラー『冬の旅』〔独〕●コラール『スラーヴァの娘』〔スロヴァキア〕●インゲマン『ヴァルデマー大王とその臣下たち』〔デンマーク〕●アッテルボム『至福の島』（～二七）〔スウェーデン〕

一八二五年　▼ニコライ一世、即位〔露〕▼デカブリストの乱〔露〕▼外国船打払令〔日〕●マンゾーニ『婚約者』（～二七）〔伊〕●世界初の蒸気機関車、ストックトン～ダーリントン間で開通〔英〕●ハズリット『時代の精神』〔英〕●ロバート・オーエン、米インディアナ州にコミュニティ「ニュー・ハーモニー村」を建設〔米〕●盲人ルイ・ブライユ、六点式点字法を考案〔仏〕●ブリア＝サヴァラン『味覚の生理学（美味礼讃）』〔仏〕●プーシキン『ボリス・ゴドゥノフ』、『エヴゲーニー・オネーギン』（～三三）〔露〕

一八二六年〔二十八歳〕

『韻文集 *Versi*』が刊行される。

▼ボリーバル提唱のラテン・アメリカ国際会議を開催〔南米〕●クーパー『モヒカン族の最後の者』〔米〕●ディズレーリ『ヴィヴィアン・グレー』〔英〕●**シャトーブリアン『ナチェズ族』**〔仏〕●ヴィニー『古代近代詩集』『サン＝マール』〔仏〕●ユゴー『オードとバラード集』〔仏〕●アイヒェンドルフ『のらくら者日記』〔独〕●ハイネ『ハールツ紀行』、『歌の本』（～二七）〔独〕

一八二七年〔二十九歳〕

『オペレッテ・モラーリ』初版が刊行される。フィレンツェでマンゾーニ、スタンダール、ラニエーリらと出会う。オペレッテ・モラーリに追加収録される散文を執筆する。

▼ナバリノの海戦〔欧〕●フォスコロ歿〔伊〕●ド・クインシー『殺人芸術論』〔英〕●スタンダール『アルマンス』〔仏〕●ネルヴァ

ル訳ゲーテ『ファウスト（第一部）』［仏］●ベートーヴェン歿［独］●ベデカー、旅行案内書を創刊［独］

一八二八年［三十歳］

ピサに移住し詩的霊感を取り戻す。「シルヴィアに *A Silvia*」などを執筆。

▼露土戦争［露・土］▼シーボルト事件［日］●ブルワー゠リットン『ペラム』［英］●ウェブスター編『アメリカ版英語辞典』［米］●ライムント『アルプス王と人間嫌い』初演［墺］●レクラム書店創立［独］●ハイベア『妖精の丘』［デンマーク］●ブレーメル『日常生活からのスケッチ』［スウェーデン］

一八二九年［三十一歳］

レカナーティに戻り「想い出 *Le ricordanze*」、「嵐のあとの静けさ *La quiete dopo la tempesta*」などの代表的な詩を執筆する。

▼カトリック教徒解放令の成立［英］▼アドリア・ノープルの和［露・土］●ロンドンで初の乗合馬車（オムニバス）営業開始［英］●「両世界評論」「パリ評論」創刊［仏］●サント゠ブーヴ『ジョゼフ・ドロルムの生涯と詩と意見』［仏］●バルザック『ふくろう党』『結婚の生理学』［仏］●ノディエ『大革命覚書』［仏］●サン゠シモン『回想録』（〜三〇）［仏］●フーリエ『産業・組合新世界』［仏］●グラッベ『ドン・ジュアンとファウスト』初演［独］●プラーテン『ロマン的オイディプス』［独］●ゲーテ『ヴィルヘルム・マイスターの遍歴時代』［独］

一八三〇年〔三十二歳〕

フィレンツェに移住し、ラニエーリと仲を深める。

▼ジョージ四世歿、ウィリアム四世即位〔英〕▼七月革命〔仏〕▼十一月蜂起〔ポーランド〕▼ベルギー、独立宣言〔白〕▼セルビア自治公国成立、ミロシュ・オブレノビッチがセルビア公に即位〔セルビア〕●リヴァプール・マンチェスター間に鉄道完成〔英〕●ライエル『地質学原理』（〜三三）〔英〕●ユゴー『エルナニ』初演、古典派・ロマン派の間の演劇論争に〔仏〕●ドラクロワ《民衆を導く自由の女神》〔仏〕●スタンダール『赤と黒』〔仏〕●メリメ『エトルリアの壺』〔仏〕●ノディエ『ボヘミアの王の物語』〔仏〕●フィリポン、「カリカチュール」創刊〔仏〕●コント『実証哲学講義』（〜四二）〔仏〕●クロアチアを中心に南スラブの文化的覚醒をめざすイリリア運動〔クロアチア〕●リュデビット・ガイ『クロアチア・スラボニア語正書法の基礎概略』〔クロアチア〕●ヴェルゲラン『創造、人間、メシア』〔ノルウェー〕●チュッチェフ『キケロ』『沈黙』〔露〕●プーシキン『ベールキン物語』〔露〕

一八三一年〔三十三歳〕

『カンティ *Canti*』初版が刊行される。

ローマにてラニエーリとの共同生活を開始する。

▼マッツィーニ、青年イタリア党結成〔伊〕●ピーコック『奇想城』〔英〕●ユゴー『ノートル＝ダム・ド・パリ』〔仏〕●グラッベ『ナポレオン、一名百日天下』〔独〕●フィンランド文学協会設立〔フィンランド〕●ゴーゴリ『ディカニカ近郷夜話』（〜三二）〔露〕

一八三二年〔三十四歳〕

『雑記帳』の執筆が途絶える。

▼第一次選挙法改正〔英〕▼天保の大飢饉〔日〕●ペッリコ『わが牢獄』〔伊〕●リージェンツ・パークに巨大パノラマ館完成〔英〕●H・マーティノー『経済学例解』（〜三四）〔英〕●ブルワー＝リットン『ユージン・アラム』〔英〕●F・トロロープ『内側から見たアメリカ人の習俗』〔英〕●ガロア、決闘で死亡〔仏〕●パリ・オペラ座で、バレエ「ラ・シルフィード」初演〔仏〕●ノディエ『パン屑の妖精』〔仏〕●テプフェール『伯父の書棚』〔瑞〕●ゲーテ歿、『ファウスト（第二部）』（五四初演）〔独〕●メーリケ『画家ノルテン』〔独〕●クラウゼヴィッツ『戦争論』（〜三四）〔独〕●アルムクヴィスト『いばらの本』（〜五二）〔スウェーデン〕●ルーネベリ『ヘラジカの射手』〔フィンランド〕

一八三三年〔三十五歳〕

『断想集 *Pensieri*』の準備を開始する（諸説あり）。

ラニエーリと共にナポリに移住する。

▼オックスフォード運動始まる〔英〕▼第一次カルリスタ戦争（〜三九）〔西〕●シムズ『マーティン・フェイバー』〔米〕●ポー『瓶から出た手記』〔米〕●カーライル『衣裳哲学』（〜三四）〔英〕●バルザック『ウージェニー・グランデ』〔仏〕●ホリー『スヴァトプルク』〔スロヴァキア〕●プーシキン『青銅の騎士』『スペードの女王』〔露〕●ホミャコーフ『僭称者ドミートリー』〔露〕

一八三四年

▼新救貧法制定［英］●シムズ『ガイ・リヴァーズ』［米］●エインズワース『ルークウッド』［英］●ブレシントン伯爵夫人『バイロン卿との対話』［英］●ブルワー＝リットン『ポンペイ最後の日』［英］●マリアット『ピーター・シンプル』［英］●ミュッセ『戯れに恋はすまじ』『ロレンザッチョ』［仏］●バルザック『絶対の探求』［仏］●スタンダール『リュシヤン・ルーヴェン』（～三五）［仏］●ヴァン・アッセルト『桜草』［白］●ララ『病王ドン・エンリケの近侍』［西］●ハイネ『ドイツ宗教・哲学史考』［独］●ミツキエヴィッチ『パン・タデウシュ』［ポーランド］●スウォヴァツキ『コルディアン』［ポーランド］●フレドロ『復讐』初演［ポーランド］●プレシェルン『ソネットの花環』［スロヴェニア］●レールモントフ『仮面舞踏会』（～三五）［露］●ベリンスキー『文学的空想』［露］

一八三五年

▼フェルディナンド一世、即位［墺］●モールス、電信機を発明［米］●シムズ『イエマシー族』『パルチザン』［米］●ホーソーン『若いグッドマン・ブラウン』［米］●R・ブラウニング『パラケルスス』［英］●クレア『田舎の詩神』［英］●トクヴィル『アメリカのデモクラシー』［仏］●ヴィニー『軍隊の服従と偉大』［仏］●バルザック『ゴリオ爺さん』［仏］●ゴーチエ『モーパン嬢』［仏］●スタンダール『アンリ・ブリュラールの生涯』（～三六）［仏］●**ティーク『古文書と青のなかへの旅立ち』**［独］●**ビューヒナー『ダントンの死』『レンツ』**（／三九）［独］●シーボルト『日本植物誌』［独］●クラシンスキ『非＝神曲』［ポーランド］●アンデルセン『即興詩人』『童話集』［デンマーク］●レンロット、民謡・民間伝承収集によるフィンランドの叙事詩『カレワラ』を刊行［フィンランド］●ゴーゴリ『アラベスキ』『ミルゴロド』［露］

一八三六年［三十八歳］

ヴェズビオ山麓の小都市トッレ・デル・グレーコに移住する。晩年の傑作「えにしだ *La ginestra*」、「沈み行く月 *Il tramonto della luna*」を執筆する。

▼ロンドン労働者協会結成〔英〕●エマソン『自然論』〔米〕●ハリバートン『時計師、あるいはスリックヴィルのサム・スリック君の言行録』〔カナダ〕●マリアット『海軍見習士官イージー』〔英〕●ラマルチーヌ『ジョスラン』〔仏〕●バルザック『谷間のゆり』〔仏〕●ミュッセ『世紀児の告白』〔仏〕●インマーマン『エピゴーネン』〔独〕●ハイネ『ロマン派』〔独〕●ヴェレシュマルティ『檄』〔ハンガリー〕●マーハ『五月』〔チェコ〕●シャファーリク『スラヴ古代文化』（〜三七）〔スロヴァキア〕●クラシンスキ『イリディオン』〔チェコ〕●プレシェルン『サヴィツァ河畔の洗礼』〔スロヴェニア〕●ゴーゴリ『検察官』初演、『鼻』『幌馬車』〔露〕●プーシキン『大尉の娘』〔露〕

一八三七年〔三十八歳〕

六月十四日、ナポリにて死去する（享年三十八歳）。

▼ヴィクトリア女王即位〔英〕▼大塩平八郎の乱〔日〕●ホーソーン『トワイス・トールド・テールズ』〔米〕●エマソン『アメリカの学者』〔米〕●カーライル『フランス革命』〔英〕●ロックハート『ウォルター・スコット伝』（〜三八）〔英〕●ディケンズ『ピックウィック・クラブ遺文録』〔英〕●カーライル『フランス革命』〔英〕●ダゲール、銀板写真術を発明〔仏〕●バルザック『幻滅』（〜四三）〔仏〕●スタンダール『イタリア年代記』（〜三九）〔仏〕●クーザン『真・善・美について』〔仏〕●「道標」誌創刊〔蘭〕●ブレンターノ『ゴッケル物語』〔独〕●ヴェレシュマルティ、バイザら「アテネウム」誌創刊〔ハンガリー〕●コラール『スラヴィ諸民族と諸方言の文学上の相互交流について』〔スロヴァキア〕●ブーク・カラジッチ『モンテネグロとモンテネグロ人』〔セル

ピア〕●レールモントフ『詩人の死』〔露〕

一八三八年　▼チャーティスト運動（〜四八）〔英〕●ポー『アーサー・ゴードン・ピムの物語』〔米〕●エマソン『神学部講演』〔米〕●ロンドン・バーミンガム間に鉄道完成〔英〕●初めて大西洋に定期汽船が就航〔英〕●コンシェンス『フランデレンの獅子』〔白〕●レールモントフ『悪魔』『商人カラーシニコフの歌』〔露〕

一八三九年　▼反穀物法同盟成立〔英〕▼ルクセンブルク大公国独立〔ルクセンブルク〕▼オスマン帝国、ギュルハネ勅令、タンジマートを開始（〜五六）〔土〕●エインズワース『ジャック・シェパード』〔英〕●ポー『グロテスクとアラベスクの物語』〔米〕●C・ダーウィン『ビーグル号航海記』〔英〕●フランソワ・アラゴー、パリの科学アカデミーでフランス最初の写真技術ダゲレオタイプを公表〔仏〕●スタンダール『パルムの僧院』〔仏〕●**ティーク『人生の過剰』**〔独〕

一八四〇年　▼ペニー郵便制度を創設〔英〕▼ヴィクトリア女王、アルバート公と結婚〔英〕▼アヘン戦争（〜四二）〔英・中〕●『ダイアル』誌創刊（〜四四）〔米〕●ポー『グロテスクとアラベスクの物語』〔米〕●P・B・シェリー『詩の擁護』〔英〕●エインズワース『ロンドン塔』〔英〕●R・ブラウニング『ソルデッロ』〔英〕●ユゴー『光と影』〔仏〕●メリメ『コロンバ』〔仏〕●サント＝ブーヴ『ポール＝ロワイヤル』（〜五九）〔仏〕●エスプロンセダ『サラマンカの学生』〔西〕●ヘッベル『ユーディット』初演〔独〕●シトゥール『ヨーロッパ文明に対するスラヴ人の功績』〔スロヴァキア〕●シェフチェンコ『コブザーリ』〔露〕●レールモントフ『ムツイリ』『レールモントフ詩集』『現代の英雄』〔露〕

一八四一年　▼天保の改革〔日〕●クーパー『鹿殺し』〔米〕●ポー『モルグ街の殺人』〔米〕●エマソン『第一エッセイ集』〔米〕●絵入り週刊誌『パンチ』創刊〔英〕●カーライル『英雄と英雄崇拝』〔英〕●ゴットヘルフ『下男ウーリはいかにして幸福になるか』〔瑞〕●フォイエ

ルバッハ『キリスト教の本質』〔独〕●エルベン『チェコの民謡』（〜四五）〔チェコ〕●スウォヴァッキ『ベニョフスキ』〔ポーランド〕●シェフチェンコ『ハイダマキ』〔露〕●A・K・トルストイ『吸血鬼』〔露〕

一八四二年　▼カヴール、農業組合を組織〔伊〕▼南京条約締結〔中〕●**マンゾーニ『汚名柱の記』**〔伊〕●「イラストレイテッド・ロンドン・ニューズ」創刊〔英〕●ミューディ貸本屋創業〔英〕●チャドウィック『イギリス労働貧民の衛生状態に関する報告書』〔英〕●ブルワー＝リットン『ザノーニ』〔英〕●テニスン『詩集』〔英〕●マコーリー『古代ローマ詩歌集』〔英〕●ベルトラン『夜のガスパール』〔仏〕●**シュー『パリの秘密』**（〜四三）〔仏〕●バルザック〈人間喜劇〉刊行開始（〜四八）〔仏〕●ゴーゴリ『外套』〔露〕

一八四三年　▼オコンネルのアイルランド解放運動〔愛〕●ポー『黒猫』『黄金虫』『告げ口心臓』〔米〕●ラスキン『近代画家論』（〜六〇）〔英〕●カーライル『過去と現在』〔英〕●トマス・フッド「シャツの歌」〔英〕●ユゴー『城主』初演〔仏〕●ガレット『ルイス・デ・ソーザ修道士』〔ポルトガル〕●ヴァーグナー『さまよえるオランダ人』初演〔独〕●クラシェフスキ『ウラーナ』〔ポーランド〕●キルケゴール『あれか、これか』〔デンマーク〕●ゴーゴリ『外套』〔露〕

一八四四年　▼バーブ運動、開始〔イラン〕●ホーソーン『ラパチーニの娘』〔米〕●タルボット、写真集『自然の鉛筆』を出版（〜四六）〔英〕●ロバート・チェンバース『創造の自然史の痕跡』〔英〕●ターナー《雨、蒸気、速度――グレート・ウェスタン鉄道》〔英〕●ディズレーリ『コニングスビー』〔英〕●キングレーク『イオーセン』〔英〕●サッカレー『バリー・リンドン』〔英〕●シュー『さまよえるユダヤ人』連載（〜四五）〔仏〕●デュマ（ペール）『三銃士』『モンテ＝クリスト伯』（〜四六）〔仏〕●シャトーブリアン『ランセ伝』〔仏〕●バルベー・ドールヴィイ『ダンディスムとG・ブランメル氏』〔仏〕●シュティフター『習作集』（〜五〇）〔墺〕●ハイネ『ドイツ 冬物語』〔独〕

一八四五年

ラニエーリの編纂により『作品集 *Opere*』が刊行される。そこで『断想集』が初めて出版された。

▼アイルランド大飢饉〔愛〕▼第一次シーク戦争開始〔インド〕●ポー『盗まれた手紙』『大鴉その他』〔米〕●ディズレーリ『シビル（あるいは二つの国民）』〔英〕●メリメ『カルメン』〔仏〕●マルクス、エンゲルス『ドイツ・イデオロギー』（～四六）〔独〕●エンゲルス『イギリスにおける労働者階級の状態』〔独〕●**A・フォン・フンボルト『コスモス』**（第一巻）〔独〕●キルケゴール『人生行路の諸段階』〔デンマーク〕●**ペタル二世ペトロビッチ＝ニェゴシュ『小宇宙の光』**〔モンテネグロ〕

訳者解題

イタリアの詩人・哲学者ジャコモ・レオパルディ（Giacomo Leopardi 一七九八－一八三七）の絶筆の書『断想集 *Pensieri*』の全訳をここにお届けする。レオパルディの我が国における知名度は必ずしも高いものとは言えないが、イタリア本国における評価は衆目の一致するところである。書店ではいまだに関連本が平積みになっており、最近では彼の生涯を作品にした映画が話題を呼んだ。学問の世界においても、ダンテに次いで最もよく研究されているのがこのレオパルディである。一言で言うならば、イタリア人に最も愛されたイタリア詩人の一人といったところだろうか（この点においても、レオパルディの永遠のライヴァルはダンテである）。

一般に、イタリア文学の盛期は三度あるとされる。その第一はダンテ、ペトラルカ、ボッカッチョが君臨した十四世紀であり、彼らが近代ヨーロッパ文学の礎を築いたことは周知のとおりである。第二の盛期はアリオストとタッソがその名を馳せた十六世紀であり、それぞれの主著『狂えるオルランド』および『解放されたエルサレム』は共にルネサンス期に打ち立てられた騎士道文学の金字塔として今なおその名を轟かせている。そしてイタリア文学第三の盛期こそ、レオパルディが活躍した十九世紀である。十九世紀イタリアには、レオパルディと並んで、フォスコロやマンゾーニといった傑出した才能が光輝いた。だが、この頃のイタリアは既にヨーロッパ文化の中心地ではなくなっており、時代を先導する地位にはなかった。そのため、第三の盛期のイタリア文学はイタリア人にとって重要な存在であっても、世界的に見るとあまり高い評価を得るにいたっていないというのが現状である。

ところが、フォスコロおよびマンゾーニの場合と異なり、レオパルディは二十世紀に入って国外で大きな注目を浴びることとなる。人生の虚無を深く洞察したレオパルディの思想が、ショーペンハウアー、ニーチェを通じて、実存主義の先駆者とみなされるようになるからである。その反響は我が国にまで届き、夏目漱石、芥川龍之介、三島由紀夫らがレオパルディ作品を読んだ。とりわけ漱石は小説『虞美人草』の印象に残る個所で『断想集』を大いに引用しているが、この点については後述する。

レオパルディの生涯

ジャコモ・レオパルディ、正式名称ジャコモ・タルデガルド・フランチェスコ・サレジオ・サヴェリオ・ピエトロ・レオパルディは、一七九八年六月二九日、現マルケ州の小村レカナーティの伯爵家の長男として生まれた。父モナルドは、文筆家を志したが道半ばで自らの才能不足に気づき、その後はジャコモの教育に情熱を捧げる。幼いジャコモに英才教育を施そうとモナルドは家庭教師を雇ったが、ジャコモは自宅内の図書館での独学を開始すると、瞬（また）く間にありとあらゆる知識を独力で身につけた。家庭教師は、五年も経たないうちにお役御免となったという。図書室の中で一人古典作品と向き合う年月は一八〇八年から一八一五年まで続き、後年ジャコモはこの時期を「果てしない絶望を感じながら狂ったように勉学に励んだ七年間」（一八一八年三月二日、ジョルダーニ宛書簡）と呼ぶことになる。その間に、古代ギリシア語、英語など、さまざまな言語を自家薬籠中のものとした。一八一二年、弱冠十三歳にしてホラティウスの『詩について』をイタリア語の八行詩に翻訳したという逸話一つとっても、彼の言語能力がいかに突出したものだったかが分かるだろう。

十代後半になると、ギリシア・ラテン文学への偏愛が高じて文献学の道を志すようになり、ホメロスやウェルギリウスをはじめさまざまな古典作品の研究を本格的に開始する。一八一六年には、当代きっての文献学者アンジェロ・マーイ（Angelo Mai　一七八二－一八五四）によって発見された古代ローマの弁論家フロントの書簡について翻訳と註釈とを作成し、研究者としての才能をいかんなく発揮している。後述するように、西洋古典の研究の道はほどなくして断念せざるを得なくなるが、古代世界のうちに深く入り込んだことは彼の作家としての特質を規定する重要な経験となる。

同一八一六年には、生涯彼を悩ませ続けることになる脊柱側弯症を発症している。病気のせいで容姿が醜くとなったこと（いわゆるせむし）も、レオパルディを語る上で避けては通れない事実である。常人離れした学才と容貌は彼を他人から遠ざけた。レオパルディは、自らが生まれ育ったこのレカナーティを、後年の詩「想い出」の中で「野蛮な生まれ故郷」と呼ぶことになる。自分を理解しない人々に囲まれ図書室に逃げ込むようにして暮らしていたが、一八一七年、当時文壇の重鎮であったピエトロ・ジョルダーニ（Pietro Giordani 一七七四―一八四八）に自身の訳書と共に手紙を送る機会を得る。ジョルダーニはレオパルディの作品を絶賛し、二人は互いに愛情に近い尊敬の念を抱いた。これがレオパルディの文壇デビューを後押しすることとなる。

一八一七年の夏、知人の勧めで自分の思索をノートに書き留めるようになる。一八三二年まで継続するその手記は、レオパルディ当人によって『断想雑記帳 *Zibaldone di pensieri*』（以下、『雑記帳』と略記）と題され、死後五十年以上たってから出版されることになる。一七年冬には、七歳年上の遠縁の女性を相手に初恋も経験している。そこで受けた強い衝撃は、レオパルディに初めての恋愛詩「初恋」を執筆させる。これは、病を機に執筆された「死の接近」と共に、詩人レオパルディの誕生を告げる作品であった。

一八一八年秋口、レオパルディは、愛国詩「イタリアについて」および「フィレンツェで準備されているダンテの記念碑について」を執筆し、同年末『カンツォーネ集 *Canzoni*』として出版する。

これがレオパルディの処女詩集となる。翌年三月、眼病により読書が自由にできなくなったレオパルディは、研究者の道を断念し詩作に打ち込む。そして、「無限」や「祭りの日の夜」など、歴史に名を刻む詩群を生み出した。

詩人として大成しつつあったこの時期にあっても、父モナルドはジャコモを独り立ちさせようとは考えなかった。レオパルディは、一八一八年七月に一度家出を試みたがあえなく父に捕まり、故郷での生活を続けることを余儀なくされている。一八二二年、ついに家を離れることを許されたレオパルディはローマに向かう。だが、永遠の都の現実が彼にもたらしたのは失望のみであった。そしてその経験から、散文家・哲学者としてのレオパルディが誕生する。一八二四年、「自然とアイスランド人の対話」や「トルクァート・タッソと彼の守護精霊との対話」などの対話篇を含む計二十篇の哲学的な散文が執筆された。これらは一八二七年、散文集『オペレッテ・モラーリ *Operette morali*』として出版されることになる。

一八二五年以降、レオパルディはミラノ、ボローニャ、フィレンツェと次々に住まいを移していく。この間に書かれた詩は「カルロ・ペーポリ伯に寄せて」一篇のみであり、レオパルディは詩的霊感の欠乏を嘆いた。一八二八年、温暖な気候で知られるピサに滞在したことがきっかけで、詩作を再開する（この詩的霊感の復活を詠ったのが「再生」）。それから一八三〇年まで、住居を故郷レカナーティに移しつつ、「シルヴィアに」、「想い出」といった後期レオパルディを代表する詩群を執筆する。この二篇は、失恋をテーマとしながら運命の虚しさを詠ったカンツォーネ[★01]であり、抒情詩人としてのレオパルディの像を確立した作品と言ってよい。

一八三〇年にフィレンツェに戻ると、翌年、これまでに発表された詩すべてと直前に書かれた新作を収録し、詩集『カンティ *Canti*』を出版する。同じ時期には、残りの生涯を共に過ごすことになる文人アントニオ・ラニエーリ（Antonio Ranieri 一八〇六－八八）に出会っている。一八三三年、レオパルディは彼を追ってナポリに居を移した。『カンティ』初版刊行後もレオパルディの詩作が途切れることはなく、「みずからに」や「アスパシア」など晩年のレオパルディを代表する詩が執筆される。これらに共通するテーマは、人生がもたらす苦痛と自然の悪しき本性である。これらの詩が追加収録された『カンティ』第二版は一八三五年に刊行される。一八三七年六月十四日レオパルディはナポリの自宅で他界した。

レオパルディの作品

レオパルディの文学作品は韻文と散文の二種類に大別できるが、前者のほぼすべてが詩集『カンティ』に収録されている。一八一八年の処女詩集以来、その時々の新作を収めた詩集が数冊刊行されているが、それらすべての詩を収めた全詩集が『カンティ』である。『カンティ』において、個々の作品は主に執筆年代順に配置されており、ペトラルカの『俗語詩篇』（いわゆる『カンツォニエーレ』）

のような自伝的詩集の要素が色濃く出ていると言える。ただし、イタリアの詩歌の伝統においてこの種の自伝的詩集は『カンツォニエーレ』あるいは『リーメ』と題される習慣がある。したがってレオパルディが独自に『カンティ』(Canti＝歌／歌われたものの複数形）という題を付したことは注目に値する。個々の詩について、まず詩形の面から言えば、前半では伝統的なカンツォーネの規範に則る作品が目立ち、中盤から後半にかけては無脚韻十一音節詩や従来の規則に縛られないいわゆる「自由カンツォーネ」などを中心に、革新的かつ独創的な形式の詩が増える。テーマに関しては、「イタリアについて」のような愛国を詠じたもの、「小ブルート」などの歴史上の人物を取り上げたもの、「無限」のような風景描写を主題とするもの、「シルヴィアに」のように過去の失恋を歌ったもの、「みずからに」のように人生の虚無をテーマにしたもの等々、実にヴァラエティに富んでいる。

散文集『オペレッテ・モラーリ』は、その大半が一八二四年に執筆された。題名 *operette morali* は直訳すると「道徳小品集」といったような意味だが、ここにはアリストテレスの『大道徳学』の残響を聞くことができるかもしれない。個々の作品の文体はむしろプラトンに近く、対話編が全体の六割強を占める。ただし、その直接のモデルは古代ギリシアの風刺作家ルキアノスである。対話の

★01――構成の等しい複数の詩連が連結された構造を持つ詩形。詳しくは、拙論「イタリア国家統一運動と文学――ジャコモ・レオパルディの場合」(『世界文学』、第一二九号、二〇一九、三〇－三八頁）を参照されたい。

登場人物は、歴史上の人物（コロンブス、コペルニクスなど）、ギリシア神話の神々（ヘラクレス、プロメテウスなど）、擬人化された事物（月、地球、自然など）、不特定の人物（物理学者、アイスランド人など）、と極めて多岐にわたる。そうした登場人物が、人生の虚無と自然の残酷性をテーマに議論を交わすのである。徹底的な悲観主義に裏打ちされたレオパルディの哲学が、コミカルな設定のうちに展開されることによって、『オペレッテ・モラーリ』は唯一無二の作品となっている。

以上二作品の出版経緯について、一言説明しておこう。『カンティ』は、一八三一年に初版が、そして一八三五年に、数篇の新作と共に第二版が、それぞれ出版されている。他方『オペレッテ・モラーリ』は一八二六年にその数篇が雑誌に掲載された後、一八二七年に完全版初版が、一八三四年に増補版がそれぞれ出版される。一八三五年に二巻本での第三版の刊行が試みられたが、第一巻の過激な内容がカトリック教会の反感を買い、第二巻は発刊中止に追い込まれる。一八三五年以降、レオパルディは、『カンティ』、『オペレッテ・モラーリ』の両者について新作を収録した新たな版の刊行を計画していたが、その計画は自らの死によって中断された。しかし一八四五年、草稿を託された親友ラニエーリがルモニエ社よりそれまで未発表であった作品を含むレオパルディの『作品集』を刊行した。『カンティ』の「沈み行く月」および「えにしだ」、『オペレッテ・モラーリ』の「コペルニクス対話劇」、「プロティノスとポルピュリオスの対話」そして『断想集』が、そこで初めて世に出ることになった。

レオパルディ本人に刊行の意図はなかったものの、彼が二十年以上にわたって書き溜めた『雑記帳』は、現代に至ってイタリア文学史上に燦然と輝く作品としての地位を獲得することになる。レオパルディの没後しばらくはその存在が知られていただけだったが、一八九八年から一九〇〇年にかけて詩人カルドゥッチ（Giosue Carducci　一八三五－一九〇七）らが編集・刊行し、世に出た。そこに読み取れる、実存主義を先取りしたようなまったくもって独創的なレオパルディの思想が、当時のイタリアの文壇に大きな衝撃をもたらしたのである。ところでレオパルディは、『雑記帳』をそのまま刊行する予定はなかったものの、途中から一部を再構成して作品に仕上げることを想定するようになっていた（一八二七年には、膨大な量になったノートを整理して「我が雑記帳の目次」を作成している）。なかでも、人間社会に関する一連の思索は、出版を目的にレオパルディ本人の手によって実際に再構成、編集された。それが『断想集』である。

『断想集』が出版に至るまで

一八二九年二月、レオパルディは今後の執筆計画について手記にこう記している。

人間と事物の本性についての作品。主題は我が形而上学、あるいは超越的哲学だが、誰にでも読めるものとしたい。これは我が生涯を代表する作品となるだろう。

(G. Leopardi, *Poesia e prose*, **, Milano, Mondadori, 1988, 1217)

この時点でレオパルディは、既に『カンティ』と『オペレッテ・モラーリ』を出版していた。前者によってダンテの『神曲』やペトラルカの『カンツォニエーレ』に並ぶイタリア詩文学の金字塔を打ち立て、また後者によって現代哲学を先取りしたようなまったくもって斬新な哲学的散文を作り上げていたのだが、それでもまだ「我が生涯を代表する作品」を執筆できたとは感じていなかったのである。

それでは、「人間と事物の本性」を論じたレオパルディの「生涯を代表する作品」は実際に執筆されたのだろうか。一八三七年三月、出版業に携わっていた友人ド・シネ（Louis De Sinner　生歿年不詳）に宛てた手紙に次のような文言がある。

> 私は未発表の作品を出版したいと考えています。それは、人間の性格および社会における人間の行動様式についての『断想集』[★02]です。
>
> (G. Leopardi, *Lettere*, Milano, Mondadori, 2006, 1098)

だがついに、レオパルディ本人がこの作品を刊行する日は来なかった。手紙を送った三カ月後、病状の悪化によりナポリで帰らぬ人となったからである。ところが、出版に向けて書き溜められた草稿はラニエーリの手に渡っていた。そして一八四五年、『作品集 *Opere*』の一環として「我が生涯を代表する作品」が初めて世に出るのである。

いまとなっては、刊行された『断想集』がどれほど完成に近づいていたかを正確に知ることはできない。だが、近年の草稿研究により、ラニエーリの所有していた原稿には、推敲の痕跡が多く見られること、さらには最初の四篇の断想にレオパルディ本人の手によって番号が振られていることが分かっている。また第一の断想は、その内容が明らかに一つの作品の序章としての性格を帯びている。これらの要素を総合すると、完成にはいたっていないものの、仕上げの段階にある程度は近づいていたのではないかと推測される。

『断想集』について

生前に本作が出版されることがなかったので、最終的な題名も本人が決定したものではない。本作の一般的な呼称 *Pensieri*（本書ではこれを『断想集』と訳した）はラニエーリが付したものである。レオパルディ本人が件(くだん)のド・シネ宛書簡においてこの作品に言及した際、それはフランス語で *Pensées* と

★02——二重鍵括弧は原文では大文字から始まる単語を指す。

呼ばれていた。この題に、パスカル『パンセ』(あるいはルソーの*Pensées*)が意識されていることは明らかである。だがそれ以上に、モンテーニュ、ラ・ロシュフーコー、ブリュイエールなど、人間の洞察を追求したモラリストたちの伝統の中に自らの作品を位置づける狙いが見て取れる。『断想集』のもう一つのモデルはルネサンス期のイタリアの散文に見出すことができる。直接引用されているのはカスティリオーネ(「断想39」)やグイッチャルディーニ(「断想51」)だが、それ以上に強く意識されているのは近代政治哲学の始祖の一人ニッコロ・マキャヴェッリだろう。『雑記帳』の目次において、『断想集』の基になった一連の断片を「社会におけるマキャヴェッリズム」と呼び、また定期的に更新していた執筆計画においても、『断想集』を思わせる作品について「社会に関するマキャヴェッリ」などと呼んでいたからである。『断想集』の内容を見ても、そこに見られるレオパルディの徹底したリアリズムは、マキャヴェッリのそれに比することができるものと言える。『断想集』に収録された全百十一にのぼる断想は、テーマも分量もさまざまだが、人間社会の分析とそれに対する痛烈な批判が行われているという点が共通している。第一断想は『断想集』全体の要点をまとめたものであり、極めて過激な告白になっている。

私が言わんとしているのはつまり、世間とは立派な人間たちに対抗する悪人どもの同盟、あるいは寛容な人たちに対立する卑怯者どもの集まりだということである。

ここでレオパルディは人間を二種類に区分しているが、注目すべきは、「世間」が「悪人どもの同盟」「卑怯者ども集まり」であるのに対して、「立派な人間たち」「寛容な人たち」は「世間」から疎外された存在とされている、という点である。同じ断想の中の「優れた人間」に関する説明を見てみよう。

それに対して優れた人間や寛容な人々はどうかというと、一般大衆と異なるために、彼らからほとんど別の人種であるかのように扱われ、それゆえ、同輩とも仲間ともみなされない。

まず悪人と善人の対立があり、さらに集団と個人の対立が読み取れる。こうした構図は、『断想集』の執筆から五十年ほど後に出版されるニーチェの『ツァラトゥストラはかく語りき』を想起させる。レオパルディの鋭敏な洞察力は、じつに時代を先取りしたものであった。

『断想集』の批判の矛先は、彼の生きた時代に、ひいては文明そのものに向けられている。レオパルディ曰く、近代は「何も作ることが出来ない」のに、「すべてを作り直せると己惚れている」時代（「断想11」）であって、「徳」ではなく「商業と金銭」ばかりを追求している時代（「断想44」）なのだ。レオパルディの文明に対する嫌悪は、ギリシア・ローマを中心とした古代世界とフランスを中心とした近代世界を徹底的に比較した結果生じたものであろう。フランス革命を機に民衆が歴史の表舞台に登場した時代を近代と呼ぶならば、優れた個人と悪しき集団の間の対立は、そのまま古代世界と近代世界の間の対立にもなる。

近代批判の際にはかなり具体的な事例が挙げられており、例えば書物や出版をめぐる考察（「断想3」、「断想59」）ではレオパルディ特有の目の付け所が光る。そこで指摘されるのは、古代においては実質が重視されていたのに対して、近代においては見せかけが幅を利かせているという点である。曰く、「見せかけ」、「装飾」、「飾り」などは近代の象徴そのものであり、それゆえ近代社会は誰もが自分と異なる登場人物を演じる「一場の演劇」になり果てた。そこでは、「言葉と行動」の間に深刻な「不和」が生じているのである（「断想23」）。この「不和」を解消するためには、いかなる方策がありうるのだろうか。「言葉」を変化させ、「物事をその本当の名前で呼んでやる」ことが、レオパルディの提案である。

人間社会をありのままに観察すれば、「世間」が「悪人どもの同盟」であることを理解せざるをえない。こうした受け入れがたい現実を前に、我々はどのように対応すればいいのだろうか。この点に関して、レオパルディの態度は必ずしも一貫していない。例えば、「断想55」に見られる「世間が命じるのは、優れた人間に見えることであって、優れた人間になることではない」（本書九五頁）という文言からは、「見せかけ」が（必要悪として）推奨されているようにも取れる。一方、例えば「断想99」においては「人間は、実際の自分と違うものになろうとしたり見せかけたりしない限り滑稽ではない」(本書一五三頁)と述べられており、誠実であることが求められているようにも見える。どうやらレオパルディは、こうした自家撞着に自覚的であったらしい。それを端的に表すのが極めて短い「断想56」である。

> 誠実さは、見せかけのものであるとき、あるいは——稀なことではあるが——それが信頼されなかったとき、初めて役に立つ。
>
> (「断想56」、本書九六頁)

ここに提示された自己矛盾は明らかに意図的なものだろう。むしろレオパルディは、人生や世界が矛盾に満ちた存在であることを、そのまま認識することこそに最も大きな意味を見出しているのかもしれない。「断想27」に述べてられているように、「人生のすべてが賢明かつ哲学的であるように望むことは、他の何にもまして賢明さと哲学性を欠いていることの証左」(本書五二頁)なのであるから。

第一断想の冒頭「これから述べる事柄に関して、私は長い間真実であると考えたくなかった」という告白のうちによく表れているように、レオパルディ本人もまた、世界の矛盾と人生の虚無とに激しく苛まれている人物であった。それでは、レオパルディ自身はこの現実といかに向き合ったのだろうか。彼が手に取った武器の一つは、機知に富んだ物事の解釈——あるいは諧謔(かいぎゃく)的思考と呼んでもよい——であろう。「断想20」は『断想集』全体の中で最も長いものの一つだが、そこでは、詩の朗読がやり玉に挙げられ、この世界で最も憎むべき行為であるかのように徹底的に批判されているのだ。朗読の機会を求める自称作家の振舞いの描写に、訳者は笑いをこらえることが出来ない。多少長くなるが、以下に当該個所を引用する。

自分の作品を聞かせるために客を招待しては、相手が気落ちして顔面蒼白になり、あらゆる種類の口実を申し立て、さまざまな力を駆使して、逃げ隠れしようとするのを見ているはずである。それにもかかわらず、彼は鉄面皮を発揮し、驚くべき執着心をもって、飢えた熊が如く獲物を探し追跡しては町中を駆け回り、獲物が見つかるや否や目的地にまで引きずるように連れて行くのである。朗読が長引くと、不幸なる聞き手は、まずはあくびをし、次に体を伸ばし、さらには体を歪め、そしてその他諸々の兆候を示す。読み手はそれを見て、聞き手が死ぬほど激しい苦痛を感じていることに気づくものの、だからといって朗誦を終わりにすることもなければ、休憩を設けることもない。むしろ、ますます自信に満ちて執着心を発揮し、声高に演説を続けるのである。それを、声が枯れてしまうか、聞き手が気絶してしまってから長い時間経った後、彼自身が、満足はしないものの疲労困憊となってしまうまで、何時間も、否、何日も夜を徹して続けるのである。その間中、すなわち一人の人間がその隣人を惨殺する間ずっと、彼が人知を超えた極楽浄土の快楽を感じていることは間違いない。（「断想20」、本書三八－三九頁）

微に入り細を穿（うが）つ描写もさることながら、表現の誇張（「飢えた熊が如く」「極楽浄土」）、漸層法（「まずはあくびをし、次に体を伸ばし、さらには体を歪め」）などさまざまな修辞技法が駆使されている。詩の朗読というある意味では取るに足らない問題のために、自らの文才をいかんなく発揮する――レオパルディのこうした諧謔精神もまた『断想集』の魅力の一つである。

『虞美人草』における『断想集』

『断想集』における鋭い近代批判は、明治の文豪夏目漱石にも少なからぬ影響を与えている。それが最も明らかに現れているのは、漱石が職業作家として初めて執筆した長編小説『虞美人草』においてである（本書の附録、一七三―一八六頁を参照のこと）。

『虞美人草』は、博士論文執筆中の学生小野清三が、現代的な魅力に溢れる女性甲野（こうの）藤尾（ふじお）と、恩義のある古風な娘小夜子の間で揺れるという物語であるが、小説の冒頭では、藤尾の腹違いの兄、甲野欽吾の京都旅行の様子が描かれている。「詩人」小野に対して、「哲学者」と称される甲野はこの小説のもう一人の主人公と言える。その甲野の書斎の机の上に常に置いてあるのが、「レオパルヂ」の書物なのである。『虞美人草』第十五話で、甲野は日記をつけながら思索を巡らす。日記に次の文句が記される。

多くの人は吾に対して悪を施さんと欲す。同時に吾の、彼等を目して兇徒となすを許さず。又その兇暴に抗するを許さず。曰く。命に服せざれば汝を嫉まんと

（本書一七六頁）

これは『断想集』の「断想36」である（本書六三頁を参照。著者漱石が読んでいたのは『断想集』を含むレオパルディ散文集の英訳版）。現代社会において「多くの人」がいかに悪人たるかを簡潔に表したレオパルディのこの言葉を、甲野は反芻するように日記に書き写しているのである。その次の個所では「断想38」（本書六五－六六頁）が引用され、悪人の詐術の効果が発揮される条件が分析されている。ここから小説の最後まで、書斎の机の上に置かれた「レオパルヂ」が度々言及されることになる。

しかし、『虞美人草』に見られるレオパルディの影響は、このような具体的な言及を越えたものであるように思われる。例えば、小説の中で「謎の女」と呼ばれる甲野の継母は現代文明を象徴する人物として描かれているが、彼女はまさにレオパルディが分析・批判した「文明」の特徴を大いに備えている。「謎の女」は、腹を痛めた子ではない甲野が亡き夫の遺産相続者であることを恨めしく思っている。『断想集』において、現代が「徳」ではなく「商業と金銭」ばかりを追求している時代と評されていたことが思い起こされる。また「謎の女」はつねに体面を繕い、実際に考えて

いることと反対のことを言う。これは『断想集』の中で繰り返し指摘される現代人の特徴、すなわち「見せかけ」、「装飾」、「飾り」にほかならない。物語の終盤に甲野が家を出る際、「謎の女」は「世間」を連呼して甲野を非難する。ここにもまた、レオパルディの現代批判が顔をのぞかせる。小説の末尾において、甲野は日記をつけながら、現代を喜劇に見立て、それに対立する悲劇の偉大さを説明している。ここにも『断想集』(「断想23」、「今日、誰もかれもがこうした喜劇の登場人物を演じている」)の残響を聴くことができるだろう。

『断想集』との接点は他にも多々あるが、ここではそのすべてを紹介することはできない。だが、『虞美人草』における現代社会の分析・批判は、総じて『断想集』に負うところが大きいと言っていいだろう。

翻訳について

『断想集』の和訳は、今から百年近く前、明治文学の研究者柳田泉(一八九四－一九六九)によって試みられている(抄訳が一九二〇年、全訳が一九二七年)。だがこれは、百年前の日本語で書かれたものであって、現代人にはかなり読みにくい文章になっている。その上、タイトルを『感想』と訳したところからも分かるように、イタリア語の原文から相当離れた訳文になっているという問題がある。前文では、これが英訳からの重訳であることが述べられており、それゆえレオパルディの「美文」を理解できていない旨が正直に告白されている（『感想』二頁）。

本書は *Pensieri* 初版（*Opere di Giacomo Leopardi. Edizione accresciuta, ordinata e corretta, secondo l'ultimo intendimento dell'autore,* a cura di A. Ranieri, vol. II, Le Monnier, 1845, pp. 111-184）の全訳である。翻訳にあたっては、クルスカ学会が刊行した最新の校訂版、およびイタリアで最も権威のあるモンダドーリ社のメリディアーニ叢書を参考にしつつ、その他数種の版を適宜参照しながら、作者の意図をできるかぎり忠実に再現しようと試みた。それでは、レオパルディの「美文」が伝わる翻訳になったかと問われれば、それを実現できた自信はない。そもそもレオパルディは、イタリア語という言語の可能性に最も深く切り込んだ詩人である。彼の文章を、外国語に、しかもこの場合はイタリア語とは完全に異なる言語である日本語に移し替えるということ自体、初めから無謀な試みであると言ってもよい。それでもこの無謀な計画に取り掛かる決意をしたのは、レオパルディがまぎれもなく近代イタリア最高の文人であり、その魅力を一部であっても日本の読者にどうにかして伝えたかったからである。

レオパルディの文体の真価を理解しきれていない、あるいはそれを日本語に変換する能力がないという訳者の技量の問題も多分にあることは否めないが、それとは別に、その優れた文体こそが翻訳をさらに困難なものとしていることは事実である。もとより、訳文の読みやすさと原文への忠実性のどちらを選ぶかは、あらゆる翻訳家が向き合わざるをえないジレンマであって、この翻訳においても幾度も難しい選択を迫られたものである。そして多くの場合、私は読みやすさの方を重視したことをここに述べておきたい。文体の魅力は原文に忠実に訳したところで伝わるものとも限らないし、なにより意味が伝わりづらい文章になってしまったら元も子もないからである。

日本語に翻訳する際にレオパルディの文体の魅力が多分に失われてしまうことはいかんともしがたい事実だとして、ここでは説明を加えることによってその不足を少しでも補いたいと思う。まず指摘できるのは、レオパルディには関係詞を駆使して一文を非常に長くする傾向があるという点である。訳文においては可読になるようある程度文を分割したが、イタリア語原文では、一文が十数行から一段落にわたることまでままあった。その一方で、短い断想の存在からも自明なように、一文がかなり短い場合もある。そしてその長短の別は、決して無意味なものではない。すなわちレオパルディは、一文の長短を意図的に使い分けることによって文章にリズムを与えているのである。試みに第一断想の第一段落の冒頭を見てみよう。

これから述べる事柄に関して、私は長い間真実であると考えたくなかった。なぜなら、まずもって私の性格がこのような事柄からあまりにかけ離れていたし、私の心がつねに自分を通して他人を判断する傾向にあったからである。いやそれ以上に、私は決して人間を憎むようにはできておらず、むしろ人間を愛するような性格であったからだ。

（「断想1」、本書七頁）

日本語訳では三文に分割したが、原語ではこれは一文であった。これから述べることが真実であると長い間信じたくなかった、という思わせぶりな内容に沿って、関係詞を用い複数の文節をつなげて敢えて長い文章にしているのである。

これに対して、第二段落の第一文はかなり短く、日本語でも一文に訳せるほどであった。

私が言わんとしているのはつまり、世間とは立派な人間たちに対抗する悪人どもの同盟、あるいは寛容な人たちに対立する卑怯者どもの集まりだということである。（「断想1」、本書七頁）

彼が発見した信じがたい事実の中身については、余計な説明を省き、むしろ簡潔に提示している。この断定の鋭さが余韻を生み、続きを読みたいと思わせる効果を上げているのだ。

次に指摘できるのは、レオパルディが単語の配置に細心の注意を払っているという点である。例えば、実は各断想の冒頭に、しばしば否定を表す単語（non、nessuno など）が配置されている（「断想14」、「断想25」、「断想27」、「断想29」、「断想37」など）。そこには読者の不意を衝く狙いがあると思われるが、文末を読むまで否定文か肯定文か判別できない日本語においてはこの効果を再現することはできない。同様に、「断想13」、「断想22」などは、冒頭に主語ではなく補語（形容詞）が配置されているが、これはある種、韻文的な配置ともいえる。この点に関しても、当然そのまま日本語に訳すこと不可能である。

レオパルディは、単語の多義性にも細心の注意を払っている。本作の最も重要なテーマである「人間社会」「世間」は原語ではmondoであり、このイタリア語は第一義的には「世界」を意味する。本書では文脈を踏まえて、ある個所では「世間」、また別の個所では「世界」と訳しているが、そのどちらにおいても訳さなかった方の語義が裏で響いている。一般の哲学書であれば訳語を固定して一つの概念としてこれを提示すべきかもしれないが、レオパルディの場合その方法は適切でないように思う。なぜなら、一つ一つの単語が内包する意味の揺らぎこそ、この世界の矛盾の表れだからである。こうして、言葉に関するレオパルディの並外れた感性は彼の思想の本質につながっていくのであるが、その点を理解するために日本語訳が果たしうる役割は、残念ながら限られていると言わざるをえない。

いずれにしても、本書を通じてイタリア人に最も愛された詩人の重要な作品が日本の方々に読んでもらえるようになるとすれば、これほど訳者冥利に尽きることはない。これを機に、脇、柱本両氏が訳した『カンティ』および『オペレッテ・モラーリ』を手に取りレオパルディの世界にさらに近づいて行ってもらえれば幸いである。最後になるが、本書の出版に際して、さまざまな方々からかけがえのない協力を頂戴したことをここに明記しておきたい。とりわけ、この企画を提案してもらった学友の霜田洋祐くん、原稿のチェックを余念なくしていただいた幻戯書房の中村健太郎さん、そしていつも心身ともに支えてくれた妻牧子に感謝の意を表して筆をおくこととする。

テクスト

［底本］

▶Leopardi G. *Opere di Giacomo Leopardi. Edizione accresciuta, ordinata e corretta, secondo l'ultimo intendimento dell'autore*, a cura di A. Ranieri, vol. II, Firenze, Le Monnier, 1845, pp. 111-184.

［参照した他のエディション］

▶Leopardi G., *Pensieri*, a cura di Umberto Galimberti, Milano, Adelphi, 1982.
▶Leopardi G., *Pensieri*, a cura di Ugo Dotti, Milano, Garzanti, 1985.
▶Leopardi G, *Poesia e prose*, **, a cura di Rolando Damiani, Milano, Mondadori, 1988.
▶Leopardi G. *Pensieri*, a cura di Antonio Prete, Milano, Feltrinelli, 1994.
▶Leopardi G. *Pensieri*, a cura di Gino Tellini, Milano, Mursia, 1994.
▶Leopardi G., *Pensieri*, a cura di Matteo Durante, Firenze, Accademia della Crusca, 1998.
▶Leopardi G., trans. by F. G. Nichols, *Thoughts and Broom*, London, Hesperus Press Limited, 2002.
▶Leopardi G., *Pensieri*, a cura di Giovanni Damiano, Padova, il Cavallo alato, 2017.

参考文献

［欧文］

▼Leopardi G, *Poesia e prose*, **, a cura di Rolando Damiani, Milano, Mondadori, 1988.

▼Leopardi G, *Lettere*, Milano, Mondadori, 2006.

▼Citati P., *Leopardi*, Milano, Mondadori, 2016.

▼Mecatti F., *La cognizione dell'umano. Saggio sui* Pensieri *di Giacomo Leopardi*, Firenze, Società Editrice Fiorentina, 2003.

▼Porena M., *Scritti leopardiani*, Bologna, Zanichelli, 1959.

［邦文］

▼ジャコモ・レオパルディ、脇功・柱本元彦訳『カンティ』、名古屋大学出版会、二〇〇六年

▼國司航佑「イタリア国家統一運動と文学――ジャコモ・レオパルディの場合」『世界文学』第一二九号、二〇一九年、三〇－三八頁

▼夏目漱石『虞美人草』新潮社［新潮文庫］、二〇二〇年

▼古田耕史『ジャコモ・レオパルディ研究――自然観と「無限」の詩学』、博士論文（東京大学）、二〇一四年

［著者略歴］

ジャコモ・レオパルディ［Giacomo Leopardi 1798–1837］

イタリアの詩人・哲学者。中部イタリアの小村レカナーティに生まれる。崇高な抒情詩と深い哲学的考察によって知られ、ウンガレッティの詩法、パヴェーゼの神話的世界観など、後のイタリア文学にも大きな影響を与えた。主著に、散文集『オペレッテ・モラーリ』、詩集『カンティ』がある。

［訳者略歴］

國司航佑［くにし・こうすけ］

一九八二年、東京生まれ。二〇一五年、京都大学にて博士号(文学)を取得。現在、京都外国語大学専任講師。著書に『詩の哲学――ベネデット・クローチェとイタリア頽廃主義』(京都大学学術出版会)、"*Rendiamo omaggio a Gabriele d'Annunzio*". *Lettura crociana di d'Annunzio* («Archivio di storia della cultura», anno XXVI)がある。

〈ルリユール叢書〉

断想集(だんそうしゅう)

二〇二〇年五月　八日　第一刷発行
二〇二一年一一月六日　第二刷発行

著　者　ジャコモ・レオパルディ
訳　者　國司航佑
発行者　田尻　勉
発行所　幻戯書房
郵便番号一〇一－〇〇五二
東京都千代田区神田小川町三－十二　岩崎ビル二階
電　話　〇三(五二八三)三九三四
FAX　〇三(五二八三)三九三五
URL　http://www.genki-shobou.co.jp/
印刷・製本　中央精版印刷

ISBN978-4-86488-196-8 C0398

〈ルリユール叢書〉発刊の言

厖大な情報が、目にもとまらぬ速さで時々刻々と世界中を駆けめぐる今日、かえって〈遅い文化〉の意義が目に入りやすくなってきました。例えば、読書はその最たるものです。それというのも読書とは、それぞれの人が自分のリズムで本を読み、日々の生活や仕事、世界が変化する速さとは異なる時間を味わう営みでもあります。人間に深く根ざした文化と言えましょう。

本はまた、ページを開かないときでも、そこにあって固有の時間を生みだすものです。試しに時代や言語など、出自を異にする本が棚に並ぶのを眺めてみましょう。ときには数冊の本のなかに、数百年、あるいは千年といった時間の幅が見いだされるかもしれません。そうした本の背や表紙を目にすることから、すでに読書は始まっています。

気になった本を手にとり、一冊また一冊と読んでいくと、目には見えない書物同士の結び目として「古典」と呼ばれる作品があることに気づきます。先人の知を尊重し、これを古典として保存、継承していくなかで書物の世界は築かれているのです。かつて盛んに翻訳刊行された「世界文学全集」も、各国文学の古典を次代の読者へと手渡し、共有する試みでした。

古今東西の古典文学は、書物という形をまとって、時代や言語を越えて移動します。〈ルリユール叢書〉は、どこかの書棚でよき隣人として一所に集う――私たち人間が希望しながらも容易に実現しえない、異文化・異言語・異人同士が寛容と友愛で結びあうユートピアのような――〈文芸の共和国〉を目指します。

また、それぞれの読者にとって古典もいろいろです。私たちは、そのつど本を読みながら、時間をかけた読書の積み重ねのなかで、自分だけの古典を発見していくのです。〈ルリユール叢書〉は、新たな古典のかたちをみなさんとともに探り、育んでいく試みとして出発します。

Reliure〈ルリユール〉は「製本、装丁」を意味する言葉です。
ルリユール叢書は、全集として閉じることのない
世界文学叢書を目指し、多種多様な作品を綴じながら、
文学の精神を紐解いていきます。
一冊一冊を読むことで、読者みずからが〈世界文学〉を
作り上げていくことを願って――

［**本叢書の特色**］

❖名作の古典新訳から異端の知られざる未発表・未邦訳まで、世界各国の小説・詩・戯曲・エッセイ・伝記・評論などジャンルを問わず紹介していきます（刊行ラインナップをご覧ください）。

❖巻末には、外国文学者ならではの精緻、詳細な作家・作品分析がなされた「訳者解題」と、世界文学史・文化史が見えてくる「作家年譜」が付きます。

❖カバー・帯・表紙の三つが多色多彩に織りなされた、ユニークな装幀。

［以下、続刊予定］

復讐の女　招かれた女たち	シルビナ・オカンポ［寺尾隆吉＝訳］
ルツィンデ 他四篇	フリードリヒ・シュレーゲル［武田利勝＝訳］
放浪者 あるいは海賊ペロル	ジョウゼフ・コンラッド［山本薫＝訳］
ドロホビチのブルーノ・シュルツ	ブルーノ・シュルツ［加藤有子＝訳］
聖ヒエロニュムスの加護のもとに	ヴァレリー・ラルボー［西村靖敬＝訳］
不安な墓場	シリル・コナリー［南佳介＝訳］
魔法の指輪 ある騎士物語	ド・ラ・モット・フケー［池中愛海・鈴木優・和泉雅人＝訳］
笑う男［上・下］	ヴィクトル・ユゴー［中野芳彦＝訳］
パリの秘密［1〜5］	ウージェーヌ・シュー［東辰之介＝訳］
コスモス 第一巻	アレクサンダー・フォン・フンボルト［久山雄甫＝訳］
名もなき人びと	ウィラ・キャザー［山本洋平＝訳］
ユダヤの女たち ある長編小説	マックス・ブロート［中村寿＝訳］
ユードルフォの謎	アン・ラドクリフ［田中千惠子＝訳］
ピェール［上・下］	ハーマン・メルヴィル［牧野有通＝訳］
詩人の訪れ 他三篇	シャルル・フェルディナン・ラミュ［笠間直穂子＝訳］
残された日々を指折り数えよ 他一篇	アリス・リヴァ［正田靖子＝訳］
遠き日々	パオロ・ヴィタ＝フィンツィ［土肥秀行＝訳］
ミヒャエル・コールハース 他二篇	ハインリヒ・フォン・クライスト［西尾宇広＝訳］
化粧漆喰［ストゥク］	ヘアマン・バング［奥山裕介＝訳］
ダゲレオタイプ 講演・エッセイ集	K・ブリクセン／I・ディーネセン［奥山裕介＝訳］
昼と夜　絶対の愛	アルフレッド・ジャリ［佐原怜＝訳］
歳月	ヴァージニア・ウルフ［大石健太郎＝訳］
ストロング・ポイズン	ドロシー・L・セイヤーズ［大西寿明＝訳］

＊順不同、タイトルは仮題、巻数は暫定です。＊この他多数の続刊を予定しています。